青灯有味

翁德汉 著

天津出版传媒集团

天津人民出版社

图书在版编目（CIP）数据

青灯有味 / 翁德汉著 . —— 天津 : 天津人民出版社，
2021.6
　　ISBN 978-7-201-17150-0

　　Ⅰ . ①青… Ⅱ . ①翁… Ⅲ . ①散文集—中国—当代
Ⅳ . ① I267
　　中国版本图书馆 CIP 数据核字 (2020) 第 271184 号

青灯有味
QINGDENG YOUWEI

出　　版　天津人民出版社
出 版 人　刘庆
地　　址　天津市和平区西康路 35 号康岳大厦
邮　　编　300051
邮购电话　（022）23332469
电子信箱　reader@tjrmcbs.com

责任编辑　李　羚
策划编辑　莫乂君
特约编辑　张　帆
封面设计　西　子

印　　刷　天津兴湘印务有限公司
经　　销　新华书店
开　　本　880 毫米 × 1230 毫米　　1/32
印　　张　6
字　　数　130 千字
版次印次　2021 年 6 月第 1 版　　2021 年 6 月第 1 次印刷
定　　价　56.00 元

阅读是心力的方向

章方松

己亥残冬，青年作家翁德汉先生，快递寄来一份书稿。我感到这是青春的一把火。这一把火，是青春的热度与温情，给我以温暖。这温暖除了阅读文字之外，即是他约我为之写序。这是一种信任的责任，也是一种诚意的寄托。

我与德汉没有深交，近年来，从温州一些报端，偶然神交过他的散文与诗歌，以及教育评论。他的文章读多了，感到他的文字有灵悟而气质，更有方向感。特别是他的诗，情感与理念的意涵，令我喜欢，如"握着一块小瓦片／瞬间有了抚摸水面的欲望／挥手，打出，我转头看你／那一串串圆，好像北方的糖葫芦／在水库里漂了二十年／我该捡拾瓦片／还是糖葫芦上的山楂"（《打水漂》）；"……他们知道／占领那一方空间／才有利可图／包括地上埋着的谷粒／面无表情的稻草人／一如纸上印着的各类文字"（《稻草人》）；"……我的褰衣，我的城／我的·层一层的茧"（《我的城》）。

我读文章，首先读作者心力的方向。向日葵的方向，是心向太阳的方向。作者心力的方向，是知性的灵悟，是动力的缘由，也是对自然物化与人类感化的综合洞察力。

残冬寒夜，万籁俱静，读德汉的《青灯有味》，感到他是一位心力弥坚的青年作家。这心力是他以文字表述情的理性，以情感洒落美的雨露，以思想传播悟的阳光，表达他对生活的感思与社会的认知。

《青灯有味》是随笔类的杂文，有记人述事、读书感思，也有经典思悟、文学点评等等，是德汉读书悟意、增智益美的感知。虽然内容繁多，然总离不开书事。此是德汉与书的故事，由故事阐述思索与理念。这是由心力方向导引向往读书的路径。在他读书的山阴道上，发现山水风景，或花木烂漫，都是他心上的收获。从德汉有灵气的文字中，发现他读书认真，感悟有思，心存善意，品格平易，阐述自在，向往文学，学识互动，对人生与社会的思索，有着自己的主见与见地。他通畅的语言蕴含着哲理的智思，平淡的阐述闪耀着敏捷的灵光，这显然是他用心之作。诚然，德汉的文字是自我的对话，对生活与社会，以及大自然的审美取向的表达，传递青年人审美的经验现象。他的阅读对生活有贴近感，如对戴金星、金江、戴家祥、彭文席诸多前辈的为人为文为学的品格，通过阅读文本的思索，结合自己的生活经历，理解人物的思想与精神；他的阅读对人物有亲切感，如对汪曾祺、杨绛、史铁生的文学评点，以阅读文本而联想他们文字背后的感思，表达对生活与社会思悟的美感；他的阅读对思索有理念感，以阅读深化日常知性的对象化，感知社会现象，反思自我的信念与意志的理性。这样，阅读成为德汉的人生乐趣，使他与书的际遇过程中，理悟文字里面的涵意，产生种种联想，得以深化理解人生与社会的理性意义。由此，使我想到当下文化的碎片化、思潮的多元化、信息的杂乱化，如何结合自身命运际遇，明确自身存在的价值意义，深化阅读经典的选择性，有着赋于重要的新涵义。

德汉喜欢阅读，博识多闻，眼界宽阔，勤于耕耘。这是文学创作的良好启动，也是扎实的功底准备。这是他得益于博识阅读的拓阔，思想逐渐于沉稳的深邃，视野不断地多维拓展。这样将会使他今后的文学创作，以思维的敏捷带动思考的深入，语言的自在蕴含灵气的散发，思想的提升促进文学意境的提高，凡此等等会起到重要的潜在性感应。

阅读是心灵感应后开放出来的花朵。阅读能够使人更新文化自觉与感悟自觉文化，增强对生活与社会，乃至自然的认知与行为的定力。德汉的阅读显然是广泛的。倘若深化阅读经典的多维视野的贯通与博识，也许对人生与社会、自然的感念与审美，有更深层的理悟与阐述。

阅读与写作，是作家和文字互动的过程。我相信有文字的地方，一定有文学。文学不仅是个人抒怀蓄志，更是储存个人与时代，传承人生知悟与理思，以及历史变迁的记忆。我从来不担忧文学的边缘化、失落化。诚然文学的生命力，关键还是决定于作家睿智的闪耀亮度与语言的致道臻美。睿智与语言的修炼，更是作家需要深化认识与感悟人生体验和阅读的广度与深度。

德汉年轻有为，眼界开阔，思想活跃，能够坚持阅读与益智并进，写作与思考同行，率道明埋，心力弥坚，执念向前，必有成就！

目 录

第一辑 在沙发上舞蹈

第二辑　他知道回家的路

第三辑　孤单的斑马线

第一辑

在沙发上舞蹈

喜擒黑白青黄龙

2019 年 10 月 28 日上午，中国科学院院士、"中国天然气之父"戴金星回到了丽岙街道下川村。一时间，下川村热闹非凡。

戴金星于 1935 年 3 月 19 日在温州市瓯海区丽岙街道下川村出生，在该村读了四年小学后，他到当时的温州第九小学学习，中学就读于温州第二中学，1961 年毕业于南京大学地质系。戴金星致力于石油天然气地质学和地球化学的研究，"六五"至"九五"期间，连续四次负责天然气方面的国家重点科技攻关项目，提出了煤层烃模式、各类天然气藏鉴别方法、天然气成藏模式及大中型气田富集规律，1995 年当选为中国科学院院士。他的"大中型天然气田的形成条件分布规律和勘探技术"获 1997 年国家科学技术进步奖一等奖；"中国天然气成因与鉴别"获 2010年国家自然科学奖二等奖。戴金星出版专著 28 部，在国内外刊物发表论文 285 篇，是我国油气地质界论文被引用频次最高的专家。

记得一次和一位搞研究的朋友相聚，他知道我经常写些零七八碎的文章，就问："你在丽岙街道下川村工作过，知道戴金星吧？"我回答说："戴金星是中科院院士，被誉为'中国天然气之父'。他1944年9月至1948年8月就读的小学，我1995年到1998年在那里工作过。"于是，他把一本石油出版社2005年7月出版的，书名为《天然气地质和地球化学论文集（卷四）》的书送给了我。

2005年对戴金星来说是一个重要的年份，3月19日是他70周岁生日，8月31日是他从事地学事业50周年纪念日。《天然气地质和地球化学论文集（卷四）》因此而出版，前三卷以"天然气地质篇""天然气地球化学篇"和"地学拾零篇"为序编辑成书。而卷四除了前两者，把"地学拾零篇"换成了"学文篇"，其中"天然气地质篇"辑有十篇专业学术论文，和涉及天然气地质的《我的地质梦 我的地质路》。"天然气地球化学篇"辑有四篇论文，而"学文篇"则有三组诗文。

尽管我看不懂戴金星的论文，但《天然气地质和地球化学论文集（卷四）》里所收录的照片、前言，题为《我的地质梦 我的地质路》的文章，和"学文篇"引起了我的兴趣。卷四和前三卷最大的不同，其实是在书的前面印了120张图片。图片分"家人和亲人"18张，"良师和益友"4张，"攻关和争气"13张，"调研和学术"63张，"观光和旅游"22张。因为我比较关注下川村，所以仔细看了"家人和亲人"这一辑照片。第一张和第二张照片是戴金星的母亲，前张是单人照，后张是和孙子孙女的合照，分别拍摄于1960年和1967年。第三张和第四张都是他与他的姐姐姐夫的合影，前张拍摄于1977年，后张跨度到2003年。第五张到第八张是他在1947年、1953年、1956年和1961年的单人照片，每一张双眼都炯炯有神。第九张、第十张是他与妻子在 1959 年和 1964 年的合影，第十一张是两夫妻和三个孩子在 1973 年的合影。后面那些照片，基本上都是拍摄于改革开放以后，无论是在野外研究现场，还是出国参观访问，戴金星看上去都神采奕奕的。这 120 张图片从某种意义上讲，都非常珍贵。

在书的前言里，戴金星说："亲人和家人照片组中有倾心培育我的先母，使人天大遗憾的由于家庭困苦故先父生前无照片，故无他老人家遗相入书。"戴金星说他出生于一贫如洗的教师家庭，他父亲终身为乡村教师，工资是每月谷子一百斤。家里常常少米短饭，在青黄不接时，吃地瓜藤、南瓜叶。其实他父亲在清末也有不俗的科举成绩，县试第二名，温州府试第四名，省里院试第二十名，但是怀才不遇，曾对戴金星说读书没有好前途。

小学读了四年，父亲和戴金星的大姐商量要送他去温州城里一机械厂当学徒。但是机械厂也不简单，要会看图纸，所以要求有一定的文化基础，必须高小毕业，于是他只好继续读小学了。而小学一毕业，新中国成立了，"工厂老板害怕工人及其后备军学徒，故不招收学徒了"，他"无奈只好入读初中"。命运，在不经意中改变了两次，也改变了他的一生。

《我的地质梦我的地质路》讲述了戴金星三个事业上的选择。第一个选择是从事地质工作，他说他的一生在事业上可以说是地质梦和地质路。这个梦从小学五年级开始萌发，考大学时以第一志愿考上了南京大学地质系。第二个选择是从事天然气地质及其地球化学研究和勘探，这是他大学毕业后经过十年的对比调查才决定的专业目标和方向。第三个选择是他在科学春天来临时，个人可以申请出国留学，但是他决定不出国，在国内继续从事天然气研究和勘探。他说正是这三次正确的选择，把自己的命运、兴趣和国家利益紧密结合在一起的选择，实现了他的地质梦，走上了广阔的地质路。

在"学文篇"里，《诗组》有七首诗，分别是作于国庆十周年的《松颂》，1962年的《读赞》，1963年的《读天书》，1977年的《云雾贵昆线上》，1986年的《生物礁》，1988年的《赞长庆大气田向北京和西安输气》《气壮山河》。其中《赞长庆大气田向北京和西安输气》读来甚有气势："秦龙地下气飞腾，沉睡亿年晕朦胧。钻井千丈闹龙宫，喜擒黑白青黄龙。"在《地学谜组》里，戴金星作了30个地质谜语，如："东边有朵花，永远向西爬，花开大地醒，花落鸟投窝。""一个奇怪瓜，腹内宝藏多，喜驮山和水，乐背你我他。""人体的三分之一，地表的十分之七。"这些，你能猜得出吗?

尽管大学毕业工作以后，戴金星很少回下川村。但他还是很牵挂下川村，捐赠了大量珍贵化石标本和文献图书。这批化石标本有240多件，有距今约5.5亿年的葡萄状藻白云岩，距今约4.4亿年的笔石页岩，距今约2.6亿年的介壳等等，其中还有两件恐龙蛋化石。位于下川村的戴在鹏小学于2016年下半年开始撤并到丽岙二小去了，如今该村将其重新整修，把原本已经褪色的校名刷新，三楼布置成化石展览馆。当天，在原戴在鹏小学，戴金星看望了乡亲们，并且和大家聊起了博物馆的布置等事宜，指点工作人员下步的布展工作，他希望在村里打造一座小型的地质科普馆。不日，一个由戴金星院士亲自命名的地质科普馆将立在下川村。

金江老师及其寓言

近日在整理书柜时，找出了二十几年前拍摄的一些照片，其中有两张合影里，金江老师都在正中位置坐着，一次是在仙岩风景区，一次是在乐清中雁荡风景区。还有一张照片，是大家随意在仙岩风景区当时刚修建不久的朱自清亭前合影。

1995年夏天，瑞安市儿童文学学会成立，我是首批会员。采风和研讨时氛围非常宽松而浓厚，大家可以随意提意见，相互之间可以争论。有一篇寓言写"螳螂太高调骄傲了，结果被螳螂虎吃掉"了，我当场提出意见，说螳螂虎真能吃掉螳螂吗？如果没有这个自然现象，这寓言就成为笑话了。于是大家热烈讨论起来，说虽然民间有这个说法，但一定要察看实际情况。在这过程中，没有人指责我乱说话。

学会成立后，经常开展活动，1997年夏天，在仙岩风景区进行第二次采风。这一次，金江老师来了。据说是金江老师当会长的温州市儿童文学学会和瑞安市儿童文学学会一起开展活动，原因是瑞安市儿童文学学会负责人张鹤鸣是金江的学生。金江不但是张鹤鸣高中时的语文老师兼班主任，还是张鹤鸣的寓言领路人。

金江老师体型比较大，是一个敦厚、和蔼的长者。我们采风活动为上午报到，中午吃饭的时候，见过他的人说那个坐在主桌主要位置的人就是金江。他一幅笑呵呵的样子，大概是教师出身的原因，说话声音响亮，一下子吸引了我们的注意力。我们几个年轻人和他聊天时，他不会有任何不耐烦，跟我们讲寓言的一些典故和事情。其实，早在 1992 年，中国寓言文学研究会和浙江省作家协会联合在温州举行了"金江寓言研讨会"，一致肯定他对我国寓言文学事业所做的重大贡献，称他为"中国当代寓言的开篇人"。但是他没有任何"开篇人"的"霸气"，朱自清亭前合影，他也不是站在最中间的，如邻家大爷般随意站在右侧。

第三次采风活动，是在雁荡风景区，我们乘着一个大缆车从山上下来，结果半途停住了，大家都吊在空中。缆车里年轻人不少，尤其是一些初次乘缆车的人脸吓得变绿了，恐慌情绪弥漫，这时候，金江老师开口了："来，我们一起唱首歌。"于是，我们大家一起唱了起来，两三首过后，缆车动了。值得一提的是，两次活动，金江老师都穿着差不多的衣服，他的学生说："老师每次来上课，穿得都很朴素。"

早期，金江的创作主要集中在诗歌方面。金江的爱人沙黎影老师回忆说："新中国成立后，作家张天翼在报刊上一句'为少年儿童写作'的呼吁，把金江带到了儿童文学的创作中来。"当时，金江夫妇都在温州第五小学任教，金江是校长。"有的孩子不认真念书，而且不听劝，荒废了学业。《白头翁的故事》就是当时创作的，希望孩子们不要半途而废。"沙黎影说，孩子们听不进大道理，金江就搬出寓言来，效果要好得多。有很多儿童文学作家原来都是教师，这或许也是原动力吧。

金江出版有寓言集《小鹰试飞》《乌鸦兄弟》《狐狸的"真理"》《老驴推磨》《寓言百篇》《白头翁的故事》《老虎伤风》《金江寓言选》，童话集《小青蛙呱呱叫》等 55 种。尤其是 2002 年出版的四册《金江文集》，130 余万字，囊括了金江的创作精华。据他自己接受记者采访时介绍，《白头翁的故事》1956 年发表，1959 年选入北京市小学第七册语文课本，1964 年被人民教育出版社选入小学语文第四册，1983 年选入北京、上海、天津、浙江合编的小学语文教材。《乌鸦兄弟》1984 年选入中等师范课文，《大轮船与小汽艇》进了大学教材。

金江写寓言，从来不会闭门造车。《乌鸦兄弟》是他最早的作品之一，篇幅不长，但却耐读。他在多个场合说过："有一次，我看到邻居两个男孩，大的上初中，小的上小学高年级。他们的父母是双职工，白天都上班去了，叫他们兄弟俩中午放学回家自己做饭。可是，哥哥总想弟弟去做饭，弟弟总想哥哥去做饭。你看我，我等你，互相推诿，谁也不愿去做饭，所以经常挨饿。我摄取这个素材，经过艺术加工，创作出《乌鸦兄弟》这篇寓言来教育孩子：要热爱劳动，不要有自私依赖心理。"

戴家祥先生及《戴家祥学术文集》

　　戴家祥先生是著名的历史学家、古文字学家、经学家，他的一生很是传奇。

　　戴家祥先生曾经写过一篇几千字的《戴家祥自传》，详细讲述了他的复杂经历。他本是一遗腹子，母亲怀他时便沿街乞讨，在一间四壁漏风的破草房里生下了他。1906 年，出生后十几天，被母亲以三十五元的价格卖给了后来的梧埏公社戴家冒充为子。养母对比他大的姐姐和他的态度在"重男轻女的封建社会中，已给人一目了然"，他经常被打得鼻青脸肿。他的冒充身份自然就败露了，出门念书的机会也被剥夺了。还好，他遇到了一个姓吴的老师："1913—1915 两年内，我读了《华英初阶》《华英进阶》，学会了笔算、珠算，同时还背诵了《论语》《孟子》《中庸》《大学》《孝经》《诗经》《左传》，能写一百字以内的短文章，对国画的基本功，也略有所知。"

　　1915 年，戴家祥的养母去世，他的精神压力有所减轻，但是家产"遭受亲戚房族和男女佣人们虫蛀鼠窃，渐渐走向破落"。1920 年，他以第一名的成绩被温州艺文中学录取，后来又被瑞安县立中学录取，和同村一位叫王起的人一起去瑞安读书。因为戴家和瑞安孙家有亲戚关系，按照辈分，大儒孙诒让先生为戴家祥的姨公。在瑞中读书时，他与王起一起借住在孙家，"获得次镠先生的爱顾，允许走进他家藏书的玉海楼，翻阅姨公及其先人琴西公遗著"。后来，王起也成了著名的历史学家，这是不是和他们这段经历有关？

王起一年后毕业回乡了，戴家祥不好意思在孙家继续住下去，但又不想离开。这时候，他碰上了林铸先生，交谈后结成忘年之交，于是住到了林家，又被介绍给了陈琼先生做受业弟子。中学毕业后，王起给他写信，说清华大学开办国学研究院，约他一道去北京应试。这是越过本科直接考了，戴家祥怕自己的文化程度不相称，但陈琼先生却鼓励他去。历经千辛万苦，1926年秋季，他和王力、谢国桢、姜寅清、朱芳圃等赶上第二届考试而被录取，王国维先生为指导老师，专业方向为"金文甲骨之研究"，从此有了自己的天空。

毕业以后，几经浮沉，在广东、四川、杭州都待过。新中国成立后，被请到华东师范大学中文系任教，后来转到历史系。

戴家祥的人生到处充满了转折点，刚出生如果不是卖给戴家，难以说能不能活下来，却也经常被打；不能出门学习，却学到了各门科的知识；在瑞安两难时，遇到了林铸先生和陈琼先生；千辛万苦差点到不了北京时，却考到了王国维门下……后来，连出《金文大字典》也这样有戏剧性。

《金文大字典》是戴家祥先生的代表作。编这本字典以后，"他将自己的生活压到最低水平，一年四季粗茶淡饭，从不轻易购置衣物，家中除金文、甲骨文典籍外，简直清贫到家徒四壁的程度，而将自己微薄的工资省下来作编辑经费。《金文大字典》从 1980 年正式上马到 1996 年出版，他一共花去一万多元，这对一位穷教授而言已经达到了极限"。在编撰《金文大字典》期间，谁都不知道哪家出版社肯出版，他丝毫没有动摇。"最终，在许多出版社不敢出版《金文大字典》的困境中，唯学林出版社社长雷群明慧眼识宝，投资 50 万元人民币出版 1000 册。谁知，初版 1000 册（每册售 800 元）刚上柜就一售而空，其中由戴家祥签名的 70 册珍藏本（每册售 2000 元），在上海第二届图书节上也一抢而光。"

《金文大字典》这样的书，我自然买不起，也不会买。我手头这本戴家祥先生的作品是上海人民出版社出版于 2012 年的《戴家祥学术文集》，选编了他在学术上最有代表性、最具影响力及最能体现其学术思想和学术风格的作品，以及未被收录在其已出版的文集中的重要作品。

全书分四辑，第一辑为"金文大字典选"，从《金文大字典》选了三百个金文，占了全书的一半。第二辑为"学术专论"，选了戴家祥先生学术著作中的五篇文章。第三辑为"金文考释"，选了十八篇文章。第四辑则是"书评序跋"，有各类文章十五篇，其中最沉重的则是那篇《〈金文大字典〉序》了，但在戴家祥先生笔下，却轻描淡写的。文章的最后一段说："一九九四年三月廿八日，永嘉戴家祥幼和甫书于上海华东师范大学中国史学研究所，时年八十又九。"读到这里的时候，我的脑海中就浮现出一个伏案疾书的老人的形象。

我注意到，在《戴家祥学术文集》里，戴家祥经常提到孙诒让及其作品，无论是《金文大字典》里，还是其他文章，都有涉及。《戴家祥学术文集》里还有两篇和孙诒让的《名原》《古籀余论》有关的序跋。原来，戴家祥晚年点校了孙诒让的这两本书，且分别由齐鲁书社和华东师范大学出版社出版。一饮一啄之间，都有因果……

谁的年代

钟求是在瑞安挂职期间，不分管任何工作，只行走于小城的大街小巷和乡野山村，见识形形色色的人。钟求是了解了很多东西，刚认识一个人，对方告诉他是做外贸生意的，他就问："一个月做多少个集装箱？"这是行话，我们惊讶于他对陌生领域的熟悉。

钟求是的小说以悲剧见长，通过描写，表现现代人生存的焦虑与尴尬，又充满了强烈的喜剧精神。那时候我在想，他会怎样把瑞安这个地方写进他的小说？《零年代》的构思和创作，正是钟求是在瑞安挂职期间，小说所描写的林心村很可能以瑞安的某个村为原型。舟山的青年朋友看了小说后，依照小说提供的地名和教堂，特地跑到瑞安去寻找。结果他们在瑞安湖岭一个地方真的找到了《零年代》描绘的教堂。

阅读《零年代》让我感觉愉悦，小说里的对话非常亲切。在阅读时，我还一句一句用方言读出来，"早日过年噢，要割猪"，不禁莞尔。用方言插讲小说里，虽然显得有点突兀，但逼真，乡村、人物跃然纸上。

小说以"城市—山村—城市—山村—城市—山村"的线索交替进行，生活在城市的阿文与女朋友林心恋爱了，到一个与女朋友同名的山村寻找具有暗示意义的教堂。回到城市后林心怀孕了，张罗结婚的时候因为一个莫名的原因分手。坚持要生下孩子的林心，被她父母所骗失去肚子里的孩子后自杀。阿文把林心的骨灰葬在山村，自己也在此地隐居起来，结果与在城市里被欺骗怀孕而遭抛弃的云琴"结婚"，并生下四个孩子。因为孩子的教育问题，他们又回到了城市。在现实面前，阿文和云琴到处碰壁，无奈之下把孩子送给喜欢他们的家庭后，带着伤痕累累的身体和心灵重回山村……

钟求是小说里的人物都不会"拐弯"，往往直着往前走：林心因为阿文无意识的一脚而分手，却坚持要生下孩子，孩子没了以后"扑向星空，踩到闪亮的星子上"。如果林心稍稍拐一下弯，把阿文的"那一脚"丢掉，公务员和教师的黄金组合应该是一种幸福的生活。阿文用电影票、编故事等方法追求林心，失败后因为林心遗言里的"你将来要多生几个孩子"，而真的生了那么多孩子。这样的人物在我们的世界里已经很少见了，正是因为很少见而显得"美丽"，显得渺小，显得苦难，得到磨难的人性和灵魂升华成为"零年代"最珍贵的产物。

男女主人公虽然心灵世界一直在努力，但一直空白着。阿文来到城市工作，虽然是个公务员，但漂泊着，思想从来没有落过地，黑色的眼睛寻找不到光明。林心自从知道自己不是父母亲生的后，一直在找亲生父母，肚子里有了孩子心灵有了慰藉，但孩子没了心灵世界就塌了。

题目《零年代》是什么意思？网络上有各种各样的说法。最基本的说法认为我们现在所处的是 21 世纪零零年代，简单称之为"零年代"，而小说里的故事所发生的时间也正好在这个"零年代"。零年代，我们也可以理解为没有年代，也可以理解为这个年代不属于我，那我们考问：这是谁的年代？但无论如何，小说的主题可以在所有的年代呈现，虽然一无所有，爱却是唯一的。

　　钟求是的小说语言很直白很好读，但小说的世界很难把握，很难说得清楚。小说的结尾，云琴又怀孕了，阿文"嘿嘿笑了。笑过两声，他眼里有了泪花"。这个泪花是因为什么？因为云琴身体健康了，又可以生孩子了？还是他们又有孩子了，不用整天思念着被送掉的孩子？不管是前者，还是后者，所生下了的孩子怎么办？又送人？似乎，小说的结尾不单单是结尾。

小马过河，蹄声犹在

小时候，我在一个小山村念书，课文读了一篇又一篇，从来不知何为作者。1995 年夏天，我参加某个儿童文学采风活动，一长者告诉我，在椅子上安静地坐着的满头白发老人，是《小马过河》的作者彭文席。我很惊讶，更不知所措，犹豫于该叫老师，还是爷爷。出生于 1925 年的彭文席那年七十岁，而我，虚岁二十。

彭文席老师身材高大，苹果样的脸瞬间让人有亲切感。在我珍藏的相册里，他从不倚老卖老而坐在中间位置，但总会使人第一眼就注意上。在儿童文学创作讨论会上，他从不讲大道理，也不会说自己当年怎么样，而是轻声细雨般地为年轻作者提创作建议。

其实，彭文席的一生，并不平静。传遍全世界的《小马过河》过得并不顺利，曾经在"河"里挣扎了二十几年而找不到诞生她的母亲。

《小马过河》发表在 1955 年 11 月的《新少年报》上，后来该报还开展写《小马过河》读后感的全国小学生征文比赛。从

1957 年被入选北京市所编的小学语文教材后，《小马过河》一直被选入全国各地的教材。

"1979 年，国家八部委联合举办第二次全国少年儿童文艺创作评奖活动，此前第一次是在 1954 年举行。上海《新少年报》将《小马过河》推荐上报，获得一等奖。然而，组委会找不到作品的作者，要求推荐单位将作者找到。负责的编辑到过上海外国语大学寻找，因为有人看过《小马过河》的英文版，怀疑是篇译文，后经否定无果。又写信到瑞安县文化部门询问，还是查无此人，最后从发黄了的稿费汇款单上发现了'瑞安周苌小学徐立夫代领'，才找到了我。1980 年 5 月 30 日，我到北京人民大会堂参加了颁奖大会，从中央领导手中接过了获奖证书。"晚年的彭文席接受记者采访时说。

《小马过河》一文非常简单。小马要过河，老牛说水很浅，能过去，而松鼠说"河水会淹死你的"。小马不知道怎么办才好，于是回家问妈妈，妈妈说："光听别人说，自己不动脑筋，不去试试，是不行的。你去试一试，就会明白了。"小马试了一下，发现"原来河水既不像牛伯伯说的那么浅，也不像松鼠说的那样深"。这篇文章用词普通，语句轻松，故事流畅，老牛和松鼠的对比明显且有喜感，完全符合儿童心理。如今的小学生玩游戏看动画，排斥寓言作品，但是，从未听说《小马过河》被排斥，除了因当年编辑把"溪水"改为"河水"引起南方人和北方人对"哗哗流着的河水"的理解不同。我当小学校长时，虽然不直接教语文，却经常参加听课活动，有老师说《小马过河》比《农夫与蛇》《掩耳盗铃》这样的课好上，因为容易引导孩子领悟道理。

　　《小马过河》非常纯粹，就是讲了这么一个浅显的道理。纯粹，是指作者不带一丝丝个人倾向，像白云飞过蓝天般自然。所以有那么多人对《小马过河》记忆清晰。而之所以说道理浅显，是因为大家都有类似的经历。

　　这几年，一些人从心理学、家庭教育等非文学的方向对《小马过河》的解读越来越多。有人说固执的老牛或松鼠强迫小马听从它的思维，而小马缺乏自信，总是想让自己变为老牛或松鼠。还好，小马有老马这样的好妈妈，为了小马的成长，故意让他驮麦子。在小马挫败而归时，老马本能地说："那条河不是很浅吗？"在小马解释后，马上转变过来说："那么这条河到底是深还是浅呢？你仔细想过他们的话吗？"如果是现在的一些家长，麦子一定会自己驮的。所以说《小马过河》并没有落伍，而应该再大力宣扬其教育意义和人文意义。

张鹤鸣老师的寓言心

接到一个陌生电话，中气十足的声音说自己是老张。挂了电话后，我还是不知道他是谁。于是把来电显示的手机号码输到微信里面查，才知道原来是张鹤鸣老师。因为在我心里，无论是二十年前的张鹤鸣，还是如今的张鹤鸣，一直是长者，一直是老师，所以对不上他口里的"老张"。

20世纪90年代，我在瑞安读书时，成绩不显，却喜欢文学，经常跑到文联看望张鹤鸣老师，往往拿回一大堆穷学生买不起的书和杂志。我的第一首诗歌，就是在瑞安文联的《玉海》杂志上刊发，如今还记得诗题为《黑夜抒情》。当时瑞安文艺界举行大型活动，我都要去凑热闹，张老师都会帮忙留票。记得那一次，著名歌唱家姜嘉锵回瑞安演出，在一票难求的情况下，张老师早早地把留给我的票放在抽屉的角落里。那时候，我了解到张老师曾经荣获全国五一劳动奖章，心里在嘀咕："一个写文章的人，要获得这样一个荣誉，需要付出多少啊。"去年在某报纸上读到一篇张老师的文章，说感谢温州三医一医生，原来当年，张老师大胆创作了外国童话改编的《海国公主》，引起轰动，到处演出，因为太忙了，没有照顾好女儿，女儿生病差点抢救不过来。

1995年上半年，有一次我去文联，张鹤鸣老师让我过一段时间再过去一趟。后来我才知道，文联正在筹备成立儿童文学学会，张老师让我过去，是为了吸收我成为创始会员。是年暑期，我正在参加新教师培训，请假去开儿童文学成立大会时，不苟言笑的教师培训机构负责人说："想不到你还是个人才。"每次儿童文学协会采风和举办其他活动，著名寓言作家金江老师都会不辞辛劳地来讲课辅导。活动开展多了，我慢慢了解到，原来金江老师是张老师的高中语文老师兼班主任。

1989年，张鹤鸣老师调到文联，也就是从这个时候起，他开始了儿童文学创作，取得了很大的成就，也培养了不少儿童文学作家。

在张鹤鸣老师所出版的50多部著作里，大部分是寓言集，如《刚长腿的小蝌蚪》《醉井》《喉蛙公主》《角马公主》《老猪减肥》《西施和东施》《老狼跳崖》《癞蛤蟆的天鹅肉》《猪八戒买镜》《"兔崽子"和藏羚羊》《猴熊大战》等。《人民日报》《人民日报海外版》《光明日报》《文艺报》《戏剧报》《文学报》《经济日报》等报刊为他的作品发表过评论文章。其他的各类荣誉和奖，数不胜数矣。

我手头这本由江西美术出版社出版的寓言集《拯救姐妹树》2018年1月出版，全书收集了张鹤鸣老师的55篇寓言。其中一篇题为《蜻蜓和蜻蜓虎》引起了我的兴趣。在二十年前的一次儿童文学研讨会上，张老师讲述了蜻蜓和蜻蜓虎之间的关系，说自己只是听说了蜻蜓虎能吃蜻蜓，但没有现场了解过。我当场提出意见，说螳蜋虎真能吃掉螳蜋吗？如果没有这个自然现象，这寓言就成为笑话了。张老师事后说我讲得很对，应该以实事求是的精神来写寓言。此后，张老师特地去了解了螳蜋虎吃螳蜋的细节，写在寓言里，尤如正在发生："螳蜋虎不动声色，就地打滚，身子不停旋转，只听'咔嚓'一声，螳蜋折断了一只大螯。"在此书的55篇寓言里，至少有32篇的题目和动物有关。在写这些寓言时，作者要深入了解所写到的动物的习性，以及寓言所指的特点，可见不易。

《现代汉语词典》解释"寓言"说："用假托的故事或自然物的拟人手法来说明某个道理或教训的文学作品，常常带有讽刺或劝诫的性质。"一些耳熟能详的成语故事，如《自相矛盾》《掩耳盗铃》《拔苗助长》《亡羊补牢》，都是寓言。张鹤鸣老师的寓言一读就懂，丝毫不隐晦，继承了中国传统的寓言特点。篇幅都不长，没插图的两页，加上插图也才三页。张老师所写的寓言适合小学生阅读，为此，他精心细磨了每一篇寓言。我以编辑的眼光看上去，句子里的每一个字都不多余，也不可缺少，其敬业程度为楷模矣。

有一句话说："如果一个故事既不能合理地读成历史，也不能读成寓言，它就是无意义的、微不足道的、怪异的、误入歧途和颠覆性的。"在历史积淀上，寓言在文学作品中的地位是不言而喻的，其启蒙意义无论怎么表达都不为过。虽然如今电子产品颠覆了世界，也压迫了寓言所笼罩的空间，但是不能动摇寓言历史地位和现实意义。张鹤鸣老师的书一而再地出版，说明读寓言的孩子还是不少的，还是受家长和孩子欢迎的。

历史在向前走，寓言也该如此。《拯救姐妹树》一书只有

134 页，但拿起来却不薄，也不轻，因为纸张非常好。同时插图多，每一幅都能抓住小学生的心理，和文本相映呈现立体感受，更能吸引小学生。但是其定价才 25 元，与那些动不动就 50 元的绘本相比，益矣！

瞿溪绝唱

　　瞿溪背靠大山，面向三溪平原，是一个人杰地灵的古镇。1917 年出生于瞿溪的琦君"既是官家小姐，又是父母的掌上明珠"，后成为女作家、散文家，把故乡瞿溪的人和山山水水描绘成一幅巨画。而 1938 年出生于瞿溪滩头村竹园底贫苦农民家庭的林永良，六岁丧父，孤儿寡母租种地主的田，过着饥寒交迫的日子。近日，年近八旬的老作家林永良把自己的文章汇成《家园》。细读后，我忽然发觉，旧式家庭出身的琦君和贫苦农民家庭出身的林永良所描绘的瞿溪合在一起，才是一个完整的瞿溪。

　　林永良老师的一生，在我看来有些传奇。1945 年，坚强的母亲将他送到小学读书，以米代缴学费。这在旧社会是极不容易的事，当时整个三溪区（从新桥至瞿溪）只有一所瞿溪小学是完全小学，并且六年级仅 26 个学生，他是其中·员。小学毕业后，因贫穷没能力到市区读初中，在家和母亲一起种田。新中国成立后，政府在瞿溪小学办起了附设初中班，他重新回到学校读书。初中毕业后，他考上了温州师范学校，享受全公费的学习生活。在他的学习生涯中，无论哪个节点断了，都将回家种田，但他却坚持了下来，师范毕业后成了一名教师。

林永良是穷人家孩子，他的童年记忆是"爬竹子，拾鸟卵""淌田沟，抓小鱼""闹游水，摸螺蛳"。穷人家的孩子到处奔波，田野里、山上都留下了他的脚印。于是，在林老师笔下，记录了大量瞿溪当初的原生态情景："竹园底一座座粗石墙的矮房子沿着小河——瞿溪而建，瞿溪流经这里有个牛轭样的拐弯，在弯内近千亩的沙滩上长着墨绿墨绿的水竹。"瞿溪一带山上有许多竹子，春天到了，春笋到处都是。读到这段文字，我却在想：这个竹园还在吗？"三月里满田满垟都是花，鲜黄的油菜花，乳白的小麦花，紫红的豆荚花，走在田埂上踩着全是花。"这些花，大概只能出现在老人们的梦里了，更不用说田里那些"金色的鲤鱼，银白的鲫鱼，梅绿的鲶鱼，黄灿灿的是八须"。"瞿溪街不长，五百米上下。沿着由西向东流淌的瞿溪而建。瞿溪流经岩门角突然折南，将瞿溪街截为桥上、桥下两段，人们造塘坎桥连接。街面仅三、四米宽，石板铺成，油滑闪亮，脚踩上去'噌噌'作响。"这瞿溪街是现在的瞿溪老街吗？随着时间流失，能够以亲身经历描述瞿溪的人越来越少。林老师把自己丈量过的土地一寸一寸地呈现出来，让读者了解曾经的瞿溪。

温州方言是有趣的语言，写进文章里，更让人会心一笑。读林永良老师的文章，我最喜欢那些温州味很浓的语言。头伯娘、童子痨、碎细儿、老老娘、媛子儿……现在在家里和孩子交流都用普通话了，这些称呼好久没听到了。"放你生，明年叫我老先生。""只顾自爽，不顾别人黄种。"这两句应该是温州俚语吧，后一句用普通话读是枯涩无味的，但温州话读来却很顺口，意思也表达得清清楚楚。"靠油菜籽卖了籴米吃。""她家就压了 1000 多株番薯。""籴""压"两字把句子活活地提高一个层次，尤其是这个"压"字。有一次吃饭，上了一道以番薯为原料的菜，我与一个江西朋友聊起番薯怎么种。我说先把番薯种到肥沃的地里，撒上肥料，长出枝条后剪下来压到山地里，生根长番薯。那朋友说他们那里直接把番薯种到地里就行了的。还有一次，和一个与我差不多年龄、在市区出生的朋友聊番薯的种植，他竟然不知道压番薯，以为直接种下去就行。林老师的这个"压"字既道出了庄稼人的把式，也把他的苦难日子展现得淋漓尽致。如今山上种着的番薯，更多是经济因素，但在那个时代，番薯就是命根子。

退休后，林老师出了车祸，造成三级伤残，腿脚行动不便，手指颤抖，拿不住笔，却依然笔耕不辍，写出了几十万字的文稿。这本书里，林老师所写的内容，大部分都和瞿溪有关。随着时间的流逝，瞿溪日新月异，林老师笔下的瞿溪已成绝唱。

百鸟灯照茶山夜

元宵节晚上，瓯海区首届"百鸟灯艺术节"在茶山街道举办，茶山老街卧龙路成了灯彩一条街，其中百鸟灯吸引了本地和周边居民前来观看，大家举起手机一直在拍个不停，盛况重现。

茶山，古称泉川，地处大罗山西麓，风景秀丽，历史悠久，人文底蕴深厚。2006 年，王大普等茶山一批能诗书画的老百姓自发结社，成立了泉川艺社，十几年来，开展了各种各样的活动，为繁荣民间文艺做了大量的事情，2010 年在天津人民美术出版社出版了画册《茶山百鸟灯》。

茶山因为地理位置的原因，每遇台风季节，暴雨成灾，山洪暴发，民间有留传"六月怕尽，七月怕半，八月怕初"的谚语。所以每年八月初，人们抬着八九尊神像来到卧龙溪畔集合拜祷，还在祠堂里演戏，沿途结灯挂彩。清代中期诗人叶鹤仙曾有诗云："秋来胜会数茶山，闻道梨园占两班。有例不虞飞白雨，无云争敢怼红岩。后村迢递波千顷，横巷溟濛水一湾。只是樗蒲声达旦，好留狎客莫开关。"茶山近大罗山，人们与鸟类和谐相处，庙会期间都会制扎百鸟灯，挂在各村大树上。现在茶山七八十岁的老人至今都还记得"前村鸡啄荸荠白，后村樟树栖麻雀"的谚语。据考究，茶山百鸟灯有 200 多年历史，1947 年最后一次举办后，中断已 60 多年。

2009 年，省级非遗代表性传承人王大普等人将百鸟灯进行了改进，把挂在树上的百鸟灯变为举在手里。这一百只鸟灯，造型各异，色彩有别，配上茶山老诗人姜善真创作的百首咏鸟诗，并由书法家书写，形成《茶山百鸟灯》一书，整整 100 页，虽然是平装，但是印刷精美。画册封面由原中国民间文艺家协会党组书记卢正佳题写书名。翻开图册，每一只鸟都栩栩如生，有的头高昂着，似乎在唱歌；有的低着头，好像在寻找虫子；有的一脸肃穆，摆出一幅鸟王的样子；有的一脸喜庆，让人一下子就喜欢上了……每一种鸟和其他鸟之间的色彩搭配都不一样，据王大普在后记里说，他和陈大明、木宪松三人先到民间老艺人那里了解并记录，后进行画稿和制作。

王大普自幼对民间灯彩有浓厚的兴趣，小时候就和家人制作各式灯笼贴补家用。1969 年师从永强七甲项有礼先生，学习髹漆手业并开始学习花鸟国画，为日后的百鸟灯制作打下基础。改革开放后，传统节日恢复，各地舞龙灯、闹花灯等民俗活动相继恢复举办。1980 年开始，王大普向茶山民间艺人学习灯彩制扎艺术，这过程中，他们不只是机械地传承百鸟灯的制作，而是不断改进。最早的鸟灯都是皮纸糊灯，纸一接触水和火就容易湿烂、烧毁，于是在制作时改用纱布蒙灯，然后用画笔涂上颜料色彩，再用清油涂遍外层，使其既能防雨又容易保存，可供长时间观赏。而今年"百鸟灯艺术节"上的鸟灯，则用尼龙布糊上，透光性好、容易上色，且牢固易保存。

在我看来，茶山身后大罗山的鸟类只有几十种，但鸟的图片总是可以找到，只是要下一翻大功夫。让我惊艳的是姜善真老先生所配的古体诗，这些诗每一首都要结合不同鸟的特点、习性和传说典故，寓吉祥祝福之意。姜善真介绍，写100首这样的诗难度相当大，百鸟灯中的鸟只有20余种是茶山当地有的，不少鸟儿大家都没有见过。搞文字的人都知道，写同类题材的诗，一不小心，就会在词语上重复。但作者写雉鸡的那首："浑身锦羽现玲珑，徒步低飞抱苦衷。堪羡秋鸿翔万里，何时令我也腾空。"把雉鸡漂亮的外表和不会飞的情况说得清清楚楚，让人能马上理解其意。

流落在民间的茶山百鸟灯通过《茶山百鸟灯》一书，完整展现在人们的面前。这次元宵节活动，王大普独自完成了100只鸟灯的制作。如今，非遗传承人越来越少，像百鸟灯这样的项目，远离现代技术，也难以形成一个行业进行经营，所以没有吸引年轻人的地方。但是，百鸟灯却急需传承。面对这一困境，茶山百鸟灯也被列入乡村少年宫学习计划，在中小学中开展传授活动，并融入到温州各地的民俗活动中，尽管如此，对于一项非遗技艺的传承这还远远不够。希望王大普和泉川艺社继续把这条传承之路拓宽……

为儿时仰慕的乡贤书写

日前，《报人赵超构》新书首发式在赵超构出生地——文成县西坑畲族镇梧溪村举行，来自全国 61 家晚报的总编辑、记者等人共同见证了这一时刻。很多十年来一直关注《报人赵超构》一书写作和关心作者富晓春的朋友都为此感到高兴。

我与《报人赵超构》一书作者富晓春是多年的朋友。今年正月，我和家人到文成，在梧溪村住了一夜。一条溪穿村而过，村人依水而居，溪名为"梧溪"，村名亦为"梧溪"。喝着梧溪水长大的，在文化部门工作的富晓春带我们在村子里走了一圈。在一个老门台前，他告诉我，这是我国著名报人赵超构的外婆家，赵超构在此地出生并生活过一段时间。老门台依然耸立，这富家大院坐西朝东，三进二天井，由门厅、前厅、正厅、后厅前后厅、两侧厢房及附房组成，因为不时维护，显得很有"精神"。

富家大院边上有一座建筑精美的文昌阁，建于嘉庆年间，幼小贪玩的赵超构曾把文曲星塑像手中的朱笔拽下占为己有。那天，富晓春告诉我，他写的《报人赵超构》历经十年，快要"杀青"了。我有些惊讶，又很快释然："惊讶"是因为我们知道，写人物传记之难，要收集资料，要采访一些当事人，工程浩大，而富晓春说自己竟然已经"杀青"；"释然"是因为，在我看来，由富晓春来写赵超构，缘深而视角独特，且不失客观，最为合适了。

赵超构是新中国晚报界泰斗，历任上海《新民晚报》社长兼总编辑，全国新闻工作者协会副主席，全国晚报工作者协会会长，我国杰出的新闻工作者，著名杂文家和社会活动家。中国晚报界最高奖项赵超构新闻奖，就是以赵超构先生名字命名的，每年评定一次。富晓春出生并成长的那个年代，毛主席是大家崇拜的伟大领袖，而赵超构和毛主席交往多次，当地乡人自然会讲起。富晓春的大爷小时候是和赵超构一起长大的，曾向富晓春讲起过两人玩耍打闹的往事。作为梧溪人，作为文成人，富晓春从小开始耳染了很多赵超构的故事。可以说，当初就播下了种子。工作后，富晓春"进了报社，还干副总编，写新闻，也办报纸"，这也促使他更接近赵超构了。当时，赵超构已经去世，富晓春却从那时候开始连续订阅《新民晚报》，感受赵超构所延续的办报理念。

2003 年春天，赵超构的小女儿赵刘芭到文成寻根问祖，富晓春是陪同者。在赵超构一亲戚家，大家见到了一批赵超构幼年和青少年时期的照片。这些第一次露面的照片促使富晓春动笔写出了《赵超构：隐在老相片背后的旧事》，《新民晚报》整版刊发。为此，多位乡人、朋友建议他多写写赵超构，最好写成一本书。富晓春说，那时候，他真动心了，有意识地开始收集资料，采访赵超构的家人、朋友、同事和亲戚。

曾经有一个时期，单位行政事务忙，他将未完的书稿束之高阁，也有想过放弃。很多人知道他写书的举动，纷纷邮寄资料过来，尤其是赵超构家属，将家里有关赵超构的照片等遗存都交给了他，这又增强了他的信心。但是大部分资料还得自己寻找、整理。"哪怕是只言片语，或者就一张破纸片，我都不放过。"在他家里，有不同版本的赵超构的《延安一月》立在书柜上，其中一本出版于重庆的旧书，是从网络上以 500 元的价格拍下来的。前段时间，由中华书局出版的《郑逸梅友朋书札手迹》里有一篇赵超构写给文史掌故大家、被誉为"补白大王"的郑逸梅的信，是第一次面世。此书标价 580 元，富晓春花 380 元从网络上买了一本，以补整资料。可以说，富晓春所收集的有关赵超构的各种资料，目前是最齐全的。"我只记得家里堆满了有关赵超构的书刊与图文资料，电脑里装的也是，脑袋里装的也是。"富晓春感叹地说，十年来，写这本书是他唯一的业余生活。

富晓春是个极其认真的人，对每张图片、每个文字的安排都力求恰当精美，碰到一些无法决定的事情，他会找朋友们聊聊。有一天晚上，他发了好几个版本的位于书本前面的卷首语到我微信，我们讨论来讨论去，还是觉得越简单越好，毕竟现代人拿着手机当饭吃，能看书已经属于"幸运"行列了。所以最后选择的是看一眼就能记住的三行字加一个省略号：找一个儿时仰慕的乡贤／结伴而行／向着家的方向……

"十年磨一剑，霜刃未曾试。"看着手上这本还散发着墨香的《报人赵超构》，我想，富晓春开始"试刃"了。赵超构生前好友、原《新民晚报》副总编辑、《赵超构传》作者张林岚今年已 96 岁，但他一直关注富晓春的写作，还为之审稿、写序。张老先生的序言《我所认识的林放》，把赵超构（笔名林放）的一生用三页字讲得清清楚楚，读者读了后对赵超构就有了个大概的了解。而后，再读富晓春的文章，便有"轻车熟路"之感，因为这本书非真正意义上的人物正传，而是正传的"衍生品"，既是扩展，亦是延伸。所以，读者在读本书前，建议最好是先阅读序言。

粗犷男人的江南心

　　曾经读到过很多关于北京西单一家书店的文章，其中一篇说一个文艺青年一有空就骑车去西单的图书大厦看书，把里面上上下下的书翻了个遍，连地下室也没放过，最后无聊到去数购物篮。在温州的我很是羡慕，暗暗决定到北京一定要去瞧瞧。

　　我住的宣武门离西单只有一个地铁站距离，第一次去西单这个叫北京图书大厦的地方，打算参观并买几本书回来。舟儿兴冲冲地跑到他的儿童读物区域，马上被五花八门的漫画书和绘本迷住。而我按照自己的习惯先去找找有关诗歌的书本，找了半天，才在一个角落里找到两个书柜的当代诗歌，且有一个人靠着墙壁坐地上很舒服地看着书。书店里有很多读者坐在地上读书，"诗歌"下面这块地方却是最清静的，或许是此人已经发现诗歌温度和周围环境成正比例，反正没人光顾。于是，我只能远远地望一眼，当是认真瞧过了。失望过后，去陪伴舟儿了。

　　想不到，舟儿喜欢上这个书店了，强烈要求压缩行程再去一次，我只能"尊重"家庭"一把手"的意见，第二次来到北京图书大厦。和舟儿约好，他逛他的，我逛我的。慢慢逛，看上去顺眼的书就翻一翻，在文艺类新书区域，竟然看到林新荣的著作《诗歌与溪水的缠绵》，很是意外。意外一：林新荣的作品我大致了解，基本读过，从来不知道他还有这么一本书；意外二：林新荣的作品主要是诗歌，很少看到他的散文。突然如打了猛药般冒出本散文集，不惊讶才怪；意外三：除了网络平台，他的书都"滥竽充数"到首都最高级的书店里来了。我随手拍了张照片发给林新荣，他很快就回信息问我在哪里看到的。后来，我才知道，他自己还未收到此书，却在我的照片里先看到。

《诗歌与溪水的缠绵》一书有目录，却没有序号，我认真地数了数，"发现"收录了55篇文章，正如林新荣在后记里所说的，散文、评论、序言、杂记、散文诗都有。这从侧面可看出，林新荣在写这些文章的时候，没想到要结集出版，有想法了，就写一篇；接受邀请了，被约稿了，亦完成任务，随兴而为。散文本应如此，但现在文坛上，做作散文大行其道，居于小地方且东抄西补美其名曰乡愁的文章甚至混进课堂。正因为如此，《诗歌与溪水的缠绵》有人愿意花钱买，出版社说卖光了。

十年前，我写过一篇林新荣诗歌的短评，里面说："读师范的第一年，学校文学社招社员，我把自己以前写的作文重抄一次，于某个晚自修没有人看见的时候投进投稿箱，成了社员。也是在那一年，21岁的校友林新荣带着他出版的诗歌作品集《羞涩的厚土》来学校讲座。"对，我们是校友，所以《诗歌与溪水的缠绵》里那篇《永远的瑞师人》更能引起我的共鸣。瑞安师范学校名声不显，且已结束办学使命，于2001年初撤销建制并入温州师范学院，后来连温州师范学院也被并入温州大学。有一天，温州大学打电话来说我也是他们的校友。我愣了一下。虽然瑞安师范学校被合并是事实，但在填履历时，我从来不敢把毕业学校填作温州大学。

当年的瑞安师范学校培养的学生是目前温州各小学的中坚力量，在瑞安尤甚。但也培养出了一批爱文字的家伙。该文说："据说瑞师的毕业生毕业后起码出了20本书。现在已经知道的有3位中国作协会员，6位省作协会员，2位县级作协主席，1位县级文联主席，这也许对瑞师是个意外收获。"文末显示是写于2005年10月10日。时间是对的，多年前我看过此文，但随着时间的推移，变化在不断出现，我猜测林新荣在编此书时，把这句话给修改了，因为这三位中国作协会员，包括林新荣自己，都是近几年才加入的。其实，到现在，瑞师毕业生所出版的书远远超过20本，单单林新荣自己就已经出版十余本了。

夜深人静时，或读书，或写作，往往会怀疑起人生，奇怪自己怎么写起诗歌来。是不是受林新荣影响？我的诗集《冬天最后一滴眼泪》就是请他写序。写诗是我与这个世界对话的通道，逃离黑洞的唯一方式，但我不敢说自己是个诗人。而该序被编入此书，让我很紧张，好像自己的秘密被人知道似的。

或许我是个另类，林新荣就懂得和别人分享他的创作秘密。在《诗歌与溪水的缠绵》里，一半以上文章和诗歌有关，而另一小半散文则驻着一颗诗心，体现诗人满满的情怀。《门》一开头就说"关于'门'的诗很多……"《爱情，锁以及钥匙》开头引用自己的诗，《真实或不真实的乡间》里古诗和现代诗在其中牵引，《每一条瓦槽也都是它们辛苦修缮的隐秘》一文纪念诗人高崎，而《网络有个诗人叫笔尖》和《野鸭，芦苇，小蟹与三首诗》则主题鲜明……这些文章里，林新荣把自己的心路历程和诗歌创作生涯中的点点滴滴讲给大家听，让读者对这个粗犷男人的江南心有个大致了解。同书名的《诗歌与溪水的缠绵》里，林新荣说自己 13 岁就写出"这些滚圆的鸡卵 / 在梦里闪闪发光 / 有时又变成圆圆的柔情 / 躲在我的心里"，一个"早熟"的少年跃然纸上。从"父亲是在我 6 岁时带着我去龙湖镇工作的"到"那一年，我带女友到寨寮溪玩"，最后"三十年多了"，按照时间顺序，整篇文章引用了 11 首林新荣关于寨寮溪的诗歌，结果诗歌灵动起来，散文飘逸起来，而寨寮溪活了。可惜，全文和全书没有提到林新荣创作诗歌的缘起，或许寨寮溪就是他的启蒙？很多人问诗人是不是在诗意地生活。这话问得很外行。其实"诗意生活"是不懂诗人的人创造的一场骗局，对于很多诗人来说，诗歌是生活的调味品，改变不了生活，但可以为人生画上一道彩虹。而林新荣的彩虹已经直透心底，连胡须也粘满色彩。

　　一朋友书房里摆满了书，客人问都读了吗？朋友答都翻过了。现代社会，不浮躁的人凤毛麟角，我也不例外，很难沉下心来读书。我只用一个晚上翻了翻 200 多页的《诗歌与溪水的缠绵》，让我最感兴趣的是那十几副插图，发现冰心老人 20 世纪九十年代就已经给林新荣提字了，好几位书法家书写他的诗，他喜欢上书法，大概和这有关吧。我想，如果再添一些他自己的书法到这本书上，更有立体感了吧。

林娇蓉那与众不同的"二胎"

拿到还散发着阵阵墨香的林娇蓉的第一本散文随笔集《墨色》时，我先翻了翻，后用两个晚上的时间把整本书读了一遍，再在时间的间隙里浏览一遍。原来，生活可以这么感性，并且在某个时空定格成为永远。

我和林娇蓉是通过文字认识的，还不到一年，除了知道她爱人的单位和我的办公室相隔两幢楼之外，对她的情况不熟悉。但是读了《墨色》一书，她的经历大致有了个轮廓："少年时期在农村，我常常被父亲带去田里插秧。""父亲生了五个女儿，力气活使不出来，而且父亲个子矮，每次带着五个女儿，浩浩荡荡去水田，六个人站在秧苗格子里，是一样高的，有人说：可真整齐。父亲是受不了这些嘲讽的，他发奋地去学习手艺，终于学会了给人照相的手艺。"（《狗公园》）"妈妈是乡村医生。"（《红红的高脚杯》）"妈妈又看上了奶奶的二儿子，也就是我爸爸，两人结了婚，近亲的，好在生的我们几个儿女都很正常。"（《外婆和奶奶的战争》）"和锋哥是相亲结的婚，当初媒人同时介绍了两个男人，一个长得高大，一个长得黑瘦。我毫不犹豫选择了前者，原因还是身上的荷尔蒙作了怪。"（《云中有棵石榴树》）而从《我的九斤姑娘》里可以看到她有个女儿，《婚姻的边角料》则更是把她和爱人的婚姻生活给洗刷了一次。

　　类似的内容还有很多，作者把自己的前半生和前半生有关的人和事写进了这本书里。文学作品的创作过程，就是对生命、生活和生存的沉淀感悟。从文本来看，林娇蓉是一个非常感性的人，在《我的九斤姑娘》一文里，她说："我不顾别人的反对，义无反顾地辞掉了很好的工作，我要好好照顾你。"她可以选择帅的男人，然后义无反顾地当了军嫂，去一个山区天天孤寂地面对空旷的机坪，和爱人一同退伍回来后没有进入体制内，但做其他工作也一样有声有色，生活充满了各种色彩，生命具有了更多的动力。

　　写作，就是写自己熟悉的东西。相比男人，女人的感情色彩要丰富得多，因为林娇蓉把女儿、妻子、母亲的角色做到了精致，所以她写起感情来如鱼得水。这让我想到了杨绛先生，她的很多散文也是写家庭和亲人，尤其是《我们仨》，让读者泪奔。而有的女作家写起文章来冷冰冰的，认为自己有了一点社会地位，到处宣扬，且自私得连最起码的集体观念都没有。没有温情，何来美好文字。我最喜欢林娇蓉书中那批写家人亲人的文章，此为原因之一。

　　家庭生活是复杂的，一个女人离开父母嫁人后，到了新环境需要磨合，夫妻之间、婆媳之间等。生了孩子后，就成了上有老，下有小，中间还得与经常外出应酬的老公"斗智斗勇"，以及磨合所带来的斤斤计较和伤痕累累。我们都知道，这些简单的事情从来不简单，但是，在林娇蓉的笔下，都处理得井井有条，既能让读者读故事一样津津有味，更不会让书中真实的人物产生误会。

《墨色》一书有四辑，第一辑"等候一滴雨从屋檐滴落"共有 11 篇文章，都和地理位置有关，准确地讲，应该叫游记散文，写了圣井、绍兴、七都、塘河等。但又和游记散文有着不同的写法，读起来更加具有感官色彩。第二辑同书名的"墨色" 11 篇文章和第三辑"补漏记" 13 篇，粗看读不出两者之间的差别。但似乎也有侧重点，第二辑写得更多的是作者的个人感悟，而第三辑则体现的是个人生活经历。第四辑"节气里的天道" 6 篇文章则和前三辑有点脱节，如果舍去，更有整体感。或许是受那些大散文的影响吧，作者大概认为第一辑有厚重感，所以编排在最前面。作为读者的我读过来，反而对后两辑写家人亲人的文章更喜欢，显得更意味深长。

没出版前，曾经零零碎碎读过书中的文章，我比较欣赏林娇蓉对词语和语句的把控，或许是她偶尔有写诗的原因，散文的语句也带诗语言。这些语言体现了她不俗的文字功底。在好几篇文章结尾出现一些让人时空感强烈、余韵更长的文字，如"于是尘埃落地，一点雨从檐上往下滴落，花了整整一个世纪"。（《等候一滴雨从屋檐滴落》）"我再仰视我头顶这片蓝天时，我的颈椎病彻底治愈好了。"（《城里住着什么人》单纯从文本角度说，我最喜欢《婚姻的边角料》，那句"我不明白温暖的家，围炉夜话，多么浪漫的家的情调调，在男人眼里，都成了牢笼了"应该让围城里的男人和女人都有所反思。而《补漏记》，则写出了人到中年后，婚姻生活或家庭生活需要补漏的窘迫。

林娇蓉在题为《我的"拼二胎"时期》的跋里，提到要把文学创作当成她的"二胎"，我想，这"二胎"将会伴随她一生。

活着，是那么的不易

收到快递来的包珍妮的《予生》，我在朋友圈里写了这么几个字："活着，是那么不容易。"

包珍妮因患脊髓性肌萎缩症，被医生告之最多活到四岁。但是坚强的包珍妮在瓯海原茶山二小读完了小学，去年 9 月 11 日，她 16 周岁生日时说："如果非要许个愿望，希望能活到下一个生日。" 她说，她最开心的一件事情是又度过了一天。她那小小的身躯，一次又一次超越死神的脚步，让生命以奇迹的方式延续。

包珍妮依赖着一台 24 小时不间断运作的呼吸机，以一个侧躺的姿势活着。在每个盼望着明天的太阳的日子里，她用唯一能动的手指写诗作词。她说："我命由我不由天，我的出生注定会死去，但我现在想活着。"在不到 5 年时间里，她创作了五十余首作品。她在题为《做个诗人》的诗里说："我想做个诗人 / 做一个灵感不断的诗人 / 能在每个不着边际的黑夜里 / 抒写不同的灵魂 // 我想做个诗人 / 做一个热爱生活的诗人 / 写写那些我曾见过的 / 好人与坏人"。包珍妮的诗歌结集后，形成《予生》一书，由中国青年出版社出版，分"诗之篇"和"歌之篇"两辑，共收录她的诗作和歌词50首。据悉，该书出版经费由相关部门支持，而全部收益将用于包珍妮和他同样患有此病的弟弟的治疗，这也是包珍妮通过自己能力为家里分忧解难。目前首印的4000册已经销售一空，预计还将再印5000册。在2018年温州中考中，包珍妮的事例被列入思想品德试卷。

《予生》一书出版后，大家纷纷支持。老作家徐秀莉收到书后在微信朋友圈说："第一次花钱买诗集，就是为了支持写诗的包珍妮。这位不幸但坚强的小姑娘值得大家帮助，哪怕是微不足道的帮助。"十九大代表、瓯海区退休老干部宋玲华得知这个用一根手指写作的孩子出了诗集，书籍所得收益将全部用于她治疗时，她第一时间捐了2000元，后又自掏腰包买了95本书，并在"宋妈妈爱心群"里发动大家一起参与。她在我的朋友圈里留言说爱心人士一共买了400多本书、捐献2万多元。宋玲华告诉我，她要把她所买的书送给瓯海看守所、鹿城看守所和浙江省未成年犯管教所，让包珍妮的励志故事走进失足少年的心中。一位名叫叶珈瑄的父母都是聋哑人的小学生把自己书法获奖的200元奖金捐给了包珍妮……

包珍妮是非常懂得感恩的人，首印中有100册按她的意愿捐给了她曾就读过的小学。包珍妮的母校、原茶山二小赵晓海告诉我说，学校已经收到了这珍贵的100册书，并且举行了赠书仪式。

在《予生》一书的50首诗和歌里，我对那首同题的《予生》感触最深。包珍妮写道："我庆幸着又度过一个昨天/我追逐着明天追逐每个明天/我望着窗又是一个晴天/窗台边的盆栽也长

出新绿叶 // 时间年轮缓慢转着带走一切 / 直到死亡那天来临记忆涌现 / 我们的生命犹如三月的天 / 偶尔也会狂风暴雨最终回归平静"。如果说一般人用生活经历、灵感和思维来写诗，那么，包珍妮就是用命来写诗，窗外的阳光、草木是她多么渴望的事物。她向往"太阳早上好 / 路边野花对我笑 / 在田园里奔跑 / 无拘无束多逍遥"，最终，她发现，"长大一事似乎离我很遥远 / 怎么一转眼就发现 / 岁月已偷走我七岁那年 / 断了的那根小小的风筝线"。

潘耒的三篇仙岩游记

千百年来，仙岩风景区吸引了无数文人墨客，尤其是梅雨潭、雷响潭、圣寿禅寺、陈文节公祠等景点。很多人游仙岩后，留下了游记或者诗句，比如广为人所知的唐朝的杜光庭在《洞天福地记》里称仙岩为"天下第二十六福地"。翠微岭上姚揆说仙岩的"维仙之居，既清且虚；一泉一石，可诗可图"。家喻户晓的则是朱自清先生的《绿》，赋予仙岩某种意识和韵味，因为曾经入选中小学课本而名扬天下。

其实把仙岩写好写深的，都是多次去过仙岩的，就算是朱自清，《绿》的开头第一句就是："我第二次到仙岩的时候……"在朱自清之前，清朝的潘耒连续写了三篇仙岩游记，分别是《游仙岩记》《再游仙岩记》《三游仙岩记》。这样连着写仙岩游记的，还有明朝刘康祉的《仙岩观梅雨潭瀑布记》《再游仙岩观梅雨潭瀑布记》，清朝周衣德的《游仙岩记》《游仙岩第二记》。潘耒这样连着写同一个地方三篇游记是少见的，而对仙岩来说则是绝无仅有的。

潘耒是现在的苏州人，出生于 1646 年，其家堪称书香门第。关于潘耒的学习能力，《新世说》言："潘稼堂资禀绝人，幼有圣童之目。览历书一过，即能暗诵，无所讹脱，首尾不遗一字。"《清代学人列传》也说潘耒"生而宿慧，读书目百行下"。"乃受业于同郡徐枋、顾炎武，能承其教；群经诸史，旁及算数宗乘，无不通贯。"潘耒在历史上，人们提到的时候，往往说他是顾炎武的学生，还帮顾炎武刻书《日知录》，为其书写序。

《游仙岩记》开篇就说："东瓯诸山多连绵相属，唯大罗山巍然特起，枕海带江，别标灵秀。其西麓一支为仙岩，道书所云'天下第二十六福地'唐司空图、宋姚揆皆有铭，陈止斋尝读书焉。三潭、二井之胜闻天下。"这和我们写文章一样，先把地方介绍了，现在的仙岩风景区自我介绍和这个相差无几。接下来说："余以六月初往游，泛一叶舟出郡南门，循溪行，过白塔、由帆游、渔潭诸村落……"六月初，正是现在这个时节，天气炎热，潘耒乘一小船，从温州市区南门出发，在温瑞塘河上荡漾着。走过立在温瑞塘河南白象段边上的白塔，和处在当年温州瑞安中间的帆游村，到了河口堂村，船左拐，先见古塔，再遇圣寿禅寺。现在从温州市区出发，开车过温瑞大道，不用一个小时就可以到仙岩。但是清朝时代的小船划呀划，早上出发，到仙岩都已经是中午过后了。到了圣寿禅寺，遇见天公："天公，云间人，道风高秀，一见倾倒，策杖导游……"然后按照时间顺序，"登翠微岭""飞瀑自其中出""崖背有亭""崖背有亭""观雷潭"，路程和一般旅客无异，只是那时候连接梅雨潭、雷响潭、龙须潭的路大概比较原始，"龙须潭更在其上里许，遥望匹练悬空，冉冉飞动，日暮不得至，返寺宿焉"。也就是说潘耒没走到龙须潭，就往回走了，晚上住在圣寿禅寺。"晨出寺右，谒止斋祠"，"过虎溪桥，与天公珍重作别，摄衣登舟，一步一回首也。"在这篇游记里，"常若梅天细雨，故名梅雨潭"这句话常常被后来者写仙岩游记所引用。

潘耒以温州市区为据点，想到去哪里就去哪里游玩，雁荡山和南雁都去过了。《再游仙岩记》第二句说："会连雨，计梅潭水必甚壮，而天公属为《修塔疏》文已就，欲手致之，因复至仙岩。"温州地区六月天，梅雨季节，天天下雨，他猜测梅雨潭瀑布一定很壮观，加上《修塔疏》已经写好，要亲手交给"天公"。在《游仙岩记》里提到的"天公"又出现在《再游仙岩记》，这是何方人士呢？天公，乃天目大和尚，也就是潘耒的老乡，比潘耒大20岁，即释智超，俗姓李，字天目，在仙岩佛教发展历史上有着重要的地位。天目大和尚顺治年间主持圣寿禅寺法席，用了三十年重建慧光塔，著有《修永瑞大官路疏》等，其法言编为《天目和尚语录》。《再游仙岩记》里提到的《修塔疏》，应该是潘耒的《重建仙岩慧光塔序》，里头提到天目大和尚修塔之功之耐和"慧光"两字的来历。除此，潘耒还写了《访天目和尚同观梅雨、龙须、雷潭诸胜》《酬天目和尚》两诗，可见潘耒和天目大和尚关系较好。但是这次他来了，"天公适往宝岩"，圣寿禅寺"首座太虚出迎，遂上翠微岭"，坐在梅雨潭边亭子里，"飞沫飘萧著人""衣襦皆湿"，而"潭水滚滚如潮头"，"僧言昨日水尚壮"。最后，"太虚挽余上宝岩，余请待归途，遂别去"。

《三游仙岩记》的第一句："既游南雁归，至瑞安，念太虚之约不可忘也，买舟径至仙岩。"此句连上了《再游仙岩记》的文末。潘耒到了仙岩后，天目大和尚烧笋招待，说宝岩寺晚上游更好，第二天带被子去。这个宝岩寺历史也很悠久，从唐朝开始就已经有纪录了。唐肃宗至德元年，也就是公元756年，江南宣慰使崔涣巡察大罗山，对宝岩洞岩石称赞不已。唐宗室李集避乱曾隐居于此，在岩隙中植下一棵金心山茶花，如今成为世界上一株树龄最高的古山茶花。天目大和尚到仙岩后，又重修宝岩寺，自标宝岩洞十景：东谷夏阴、南屏春秀、西崖秋爽、北峰冬日、中岩夜月、石焰流霞、青莲花瓣、灵谷传声、石门锁翠、云端化成。潘耒在《三游仙岩记》里说："既自标以十景，复属余遇峰峦佳者，辄以立名。"于是他为这十景写了一组题目是《仙岩十景》的五言诗，《北峰冬日》有句："不断花开落，长留万古春。"尽管山茶花"万古春"还没到，但至今已"千古春"了。

宝岩寺在大罗山上，如今车开到金河水库边，走上去用不了多少时间，当年可不容易走。潘耒一行人走到宝岩寺，看了周围各类景色，又到罗隐洞参观游览，过秀垟村休息，用的时间不是一天了。潘耒还写有《罗隐洞》一诗："玉洞问何代，隔林清磬间。细泉荷捲露，叠石磊堆云。访古留鸿爪，登危趁鹿群。黄粱炊正熟，一钵为僧分。"把他们一群人的罗隐洞之行写得很生动。从秀垟村"取别径还仙岩"，"僧闻余从罗山下，阖寺皆惊，谓千万人无一二到也"。

当天晚上下大雨到第二天中午，潘耒第三次去梅雨潭，然后登上了雷潭和龙须潭。潘耒写道："梅雨潭壮猛，雷潭灵怪，龙须潭阔大，三者各臻其妙，皆天台、雁荡所未有，始知水石之变不可穷也。"我在仙岩工作十几年，也无数次去过梅雨潭，雨后的情景也看过，水浑浊而势大，刚上翠微岭就能听到流水声，梅雨潭变雷响潭了，偏离了"绿"道，引起了我的固定思维的反弹，看到"瀑"之美，只是不"绿"了。

《三游仙岩记》最后一段说："昔贤有言'人生不游雁荡，不如无生。'游雁荡不数过，不如无游。余於雁山，固未能再至也，今仙岩乃三至焉。每至而所得益深，由皮肤而骨髓，由藩篱而堂奥，虽於大罗未尽，而仙岩面目庶几见之。"至此，潘耒的仙岩游才结束。

好配横塘两献樽

在瓯江和飞云江之间，温瑞平原横跨其间，温瑞塘河亦在中间蜿蜒着，而吹台山一路向南，三者或平行，或缠绕，养育着当地万千百姓。

二十几年前，我在当时还属于瑞安市辖的丽岙镇戴在鹏小学任教时，经常到温瑞塘河边一个叫帆游的地方逛，因为该地属于戴在鹏小学施教区范围，可兼家访。据宋代郑缉之在《永嘉郡记》里说："帆游山，地昔为海，多过舟，故山以帆名，在安固县北。"这安固，即为瑞安。那时候的丽岙，就是瑞安的北大门，一过帆游山往北，乃瓯海的茶山和南白象。记得当初村里人打电话找隔壁村的亲戚，算长途的，虽然不过一二里路。丽岙划归瓯海后，一南白象教师到丽岙参加教研活动，问我南白象到丽岙远不远，乘车需要几个小时。我哈哈大笑，说走路大概一个半小时。她很惊讶，说丽岙原来属于瑞安，不是很远吗？据光绪《永嘉县志》载："帆游山，在城南三十里吹台山之支，南接瑞安界大罗山，地昔为海，多舟楫往来之处，山以此名，谢灵运游赤石进帆海即此。"当年的永嘉太守谢灵运，在温州游山玩水时写下了《游赤石进帆海》："首夏犹清和，芳草亦未歇。水宿淹晨暮，阴霞屡兴没。周览倦瀛壖，况乃陵穷发。川后时安流，天吴静不发。扬帆采石华，挂席拾海月。溟涨无端倪，虚舟有超越。仲连轻齐组，子牟眷魏阙。矜名道不足，适己物可忽。请附任公言，终然谢天伐。"其实，帆游最大的特点，是以其为中心，温瑞塘河里的水，向北的流向瓯江，向南的流向飞云江。温州和瑞安在此分界，水的流向也应该是原因之一吧。

104 国道穿越温瑞平原而过，并绕到丽岙中心几个村。我当年都是走此路，半夜甚至步行而过。有一种说法说温州到瑞安 33 公里，而丽岙正处于第 16 公里和第 17 公里的位置上，所以说其位于温瑞平原的最中间。

丽岙文风长盛，历史上出了不少文学家和书法家。同时，很多人也把自己最终的归属安排在丽岙，曾任宋代吏部尚书的薛良朋为其一。

薛良朋字季益，丽岙（白门）人。史料对其出生和去世时间记载非常清楚：生于宋徽宗政和六年（公元 1116 年）丙申七月二十八日丑时，卒于淳熙十二年（公元 1185 年）八月二十六日。他 1138 年进士及第时年仅二十二岁，历任徽州知府、江南东路和两浙路转运使、署理临安府知府，以工部侍郎出使金国，回归后调吏部任职，后出任福州、泉州、成都知府和四川制置使，终吏部尚书。曾因救荒成绩进直龙图阁，三次上疏推辞。

薛良朋墓位于任岩松中学后面的小山脚，即"众山北麓"，1990 年被瑞安市人民政府立为文物保护单位，丽岙街道划归瓯海后，被瓯海区人民政府立为文物保护单位。薛良朋墓始建于南宋淳熙年间，现在的墓为 1989 年重修，是温州交椅式坟，也就是常见的"椅子坟"的典型代表。据考证，这种椅子坟，在温州已经流行千年。

从任岩松中学大门右边几十米远的一条小路进去，大概经常有人来此晨练，路比较干净。到了山脚下，可见一石头垒成的围墙，门口一对石狮神态各异，据说是清朝重修时放置的，亦属于文物。

说起这对看门石狮，还有一段传奇。2016 年 5 月份，每只重约 200 公斤的石狮被盗了，后来公安机关从江西追缴回来。据一疑犯说，这对石狮价值不菲，一起去盗可分得 2000 元。另一疑犯说，虽然每只石狮高不到 1 米，捆绑不难，但每只都非常重，所以三个人抬还是很吃力，费了九牛二虎之力将两只石狮先后抬上七座面包车。

我从石狮中间望进去，首先看到的是一个六角石亭，上书三个大字"五凤亭"，亭门刻有一对联："五凤齐名仰廉村善士，一亭重耸瞻清风明月。"内有石凳石桌，且比较干净，大概经常有人来打扫吧。而左边，就是薛良朋墓了，坐东朝西，由墓室和四级坟坛组成，整个地面都由石头和石板嵌平，踩上很踏实。

墓前，一对 1990 年植的松柏已长成大树，遮住了手机镜头的视线。从亭前，到墓室顶部，中间有甬道，边上两侧砌有踏垛通道。在甬道两侧夹列有文臣、武士、马、虎、羊五对石像生。石像生是帝王陵墓前安设的石人、石兽的统称，又称"翁仲"。石像生开始于秦汉时期，"此后历代帝王、重臣沿用不衰，只是数量和取象不尽相同"。薛良朋墓前的石像生神态各异，栩栩如生，重修前，再怎么破败，它们一直在众山北麓静静的守候着。据说，薛良朋墓是研究宋代职官、服饰和浙南民间石雕艺术等颇有价值的实物材料，其所指的应该就是这五对石像生了。

在坟圈后部中央嵌立"宋吏部尚书薛公良朋暨章夫人之墓"碑，拜坛中央立有薛良朋生平事迹碑，题为《宋吏部尚书薛公良朋传》，将薛良朋波澜壮阔的一生描绘得清清楚楚，供后人凭吊。

在薛良朋墓，曾经出土陈傅良所撰的《薛良朋圹志》一方。陈傅良，字君举，人称止斋先生，曾在丽岙街道隔壁的仙岩街道创办仙岩书院，其出生地——现在的瑞安市塘下镇凤川村，走路走到薛良朋墓，也就两三个小时。陈傅良还撰有《挽薛季益尚书》一诗：

> 遍试江淮声藉藉，
> 久劳荆蜀鬓苍苍。
> 同时半已登槐棘，
> 卒岁才能足稻粱。
> 遗稿不为他日计，
> 佳城尚及此丘藏。
> 岂无后作多文胜，
> 今我怀人泪欲滂。
>
> 州里谁如此达尊，
> 户庭深静最情敦。
> 不将尺牍通当路，
> 却枉扁舟访杜门。
> 每见色温如有属，
> 欲书心愧不能言。

从今若祭枌榆社，

好配横塘两献樽。

此诗所指的"横塘"，即许景衡，也是丽岙人，《宋史·许景衡传》说："许景衡字少伊，温州瑞安人。登元祐九年进士第。宣和六年，迁殿中侍御史。" 宋高宗时期官拜尚书右丞，"1071年生于瑞安白门里"。在如今的丽岙街道姜宅村，有横塘池、横塘路，当年的许景衡在此出生、成长。可见，许景衡和薛良朋是丽岙老乡了，但是前者比后者大四十几岁，前者官至右丞，后者官至吏部尚书，当时应属佳话。而陈傅良则比薛良朋小二十多岁，据温州本土学者潘猛补研究，薛良朋是当时温州望族薛氏一员，其在《上望〈薛氏族谱〉的史料价值》一文里说"薛京女长适许右丞忠简景衡，次适宣义郎刘弢。薛得舆娶许右丞忠简之妹，赠硕人。""薛师雍娶陈止斋先生之次女，封宜人，赠淑人"。该三人的联系，应该不止明面上的这点，依次而言，他们还有一种传承在其中。许景衡的代表作《横塘》曰："春入横塘绿渺漫，扁舟欲去重盘桓。谁教天晓廉纤雨，又作残春料峭寒。" 两诗都用了"扁舟"一词，这大概是陈傅良扯上薛良朋向许景衡表达敬意了。

薛良朋还有一历史趣事，南宋著名文学家，官至翰林院学士、资政大夫、端明殿学士的洪迈，有著作《容斋随笔》，其内载有这么一个故事：

乾道二年十一月，薛季益以权工部侍郎受命使金国，侍从共饯之于吏部尚书厅，陈应求主席，自六部长贰之外，两省官皆预，凡会者十二人。薛在部位最下，应求揖之为客，薛不就，曰："常时固自有次第，奈何今日不然？"诸公言："此席正为恃郎设，何辞之为？"薛终不可。予时为右史，最居未坐。给事中王日严目予曰："景卢能仓卒间应对，愿出一转语折衷之。"予笑谓薛曰："孟子不云乎？'庸敬在兄，斯须之敬在乡人。'侍郎姑处斯须之敬可也。明日以往，不妨复如常时。"薛无以对，诸公皆称善，遂就席。

这个故事，以《排座的学问》为题目，在很多书中出现，被称为励志和哲理小故事：薛季益代理工部侍郎时要出使金国，各部部长赶来为他饯行。安排座位时，一个叫陈应求的部长说："薛兄远行为客，请坐客席。"薛季益连连摇手道："下官叨陪末座，已是过分，万不敢坐客席。"原来，南宋人座席有个规则，和我们今天相同，座席按官职大小依次而坐，官最大、品最高者坐在客位上。在座者，当时品级最高的恰是陈应求。陈应求想："过去可以，今天怎么行？"于是请薛季益千万别客气，务请上坐。薛季益无论如何也不上坐，并道："过去都有顺序，今天为啥不这样？"两人在那儿互相谦让着，在座客人见了都十分尴尬。这时，一人转头对在座的洪适说："洪兄才思敏捷，能不能出一典句给这二位大人开解一下？"洪适一笑，喝一口茶，说："孟子曾说讲究礼节是看情况的，到哪个地方按哪个地方的风俗，听那儿的长者安排办，薛兄按照此说法，姑且受大家一次尊敬，过了今天，以后再恢复过去的次序不就可以了？。"薛季益一听，拱手对陈应求道："恭敬不如从命。"遂坐了客席。

这道理，如今依然合适。

仙门龙舟诗传世

虽然离端午还有半个多月，但近日瓯海区潘桥街道仙门河上已有三三两两的小龙舟在训练了。据悉，这是仙门村及周边村龙舟队为参加龙舟竞技而准备的。当地人说，仙门龙舟竞渡历史悠久，远近闻名。

如果把如今的瓯海区地图看成一个长方形状的木板，中间部分则是瞿溪、郭溪、潘桥、娄桥和新桥五个街道。这五个街道，曾经属于三溪区管辖。所谓三溪，就是瞿溪、郭溪、雄溪，分别从山上或奔腾而下，或涓涓细流，各自在区域里滋润两岸人民后，汇合于仙门。

"仙门"两字，既为村名，亦为山名、河名。仙门村相传古时留有仙人遗迹，又处于三溪口的地理位置而得名。该村历史悠久，五代梁开平（907—911）时为仙门里的一部分。据说，仙门村还有个风俗，凡是当年有男儿出生的家庭，必定会设宴招待龙舟划手，祝愿小孩子长大后，能像划手健儿那般强壮有力。划龙舟活动结束后，村里还要摆上"太平酒"，每户人家除了龙舟划手，再报一人参宴，共同庆贺龙舟竞渡平安。仙门山视野广阔，为军事要地，现留有古城墙遗址及抗日军事濠沟。仙门河位于仙门村北部，绕仙门山，长 2.5 千米，最宽处约 100 米。因河面宽阔，古称仙门湖，又称前湖。明万历《温州府志》载有"前湖"名。清光绪《永嘉县志》载："前湖即仙门湖，距城十里。"

南宋时期著名思想家、文学家、政治家水心先生叶适，是当时的永嘉县人，也就是现在的鹿城区。温州诗人、学者舟亢在一篇文章里说，叶适遭御史弹劾落职回家后，会昌湖畔著名的思远楼一直是他钟爱的雅集地点，令他诗兴屡发，写下《端午行》《后端午行》《永嘉端午行》《端午思远楼小集》等。叶适的古体诗《端午行》曰：

仙门诸水会，流下瓦窑沟。中有吊湘客，西城南北楼。旗翻稻花风，棹涩梅子雨。夜逻无骚音，绛纱蒙首去。

龙舟活动是温州民间遗俗之一，同时又是瓯越文化的具体历史特征之一。仙门河因地理位置优越，河道宽且直，故龙舟聚而众汇，乃竞渡理想之所，成为温州著名龙舟竞渡地之一而享誉远近。据当地人介绍说，仙门河有斗龙传统，历史悠久，龙舟多，河道宽。斗龙时，往往从三溪口一直斗到仙门大河口，转档后不息止，又一直斗到三溪口，来回水程长共计 2400 米，方以见胜负称服。或从仙门桥向上斗，经山后，一直斗至任桥桥下，全长 1300 米。在长距离的争斗中，需要划手有一定的体魄耐力和斗志，同时又是两船上鼓手、撑梢、锣手等龙舟主要指挥者的智慧策略比斗，可谓是一场斗智、斗勇的角逐。每次活动开展，都吸引了大批的观众前来观看。我想，这无数观看龙舟竞渡的人里，当年的叶适应该是其中一个了。

除了叶适，清朝的张诰、王又曾、郭钟岳也都写过仙门龙舟竞渡。张诰是永嘉生员，应友人之约一起前来仙门河观斗龙，留下了诗作一首，很形象地描绘出了龙舟竞渡情景，诗曰："更约仙门看斗龙，蜂屯蚁聚丰村农。分明欢乐场中事，竟似冤家狭路逢。"

从仙门河开始，三溪之水经下斜河、十八湾入会昌湖。清光绪《永嘉县志》载："会昌湖在府城西南五里，上受三溪诸水，汇而为湖。弥漫巨浸，起于汉晋间。"又载："西湖在小南门外，自城外西绕瓯浦山下，北至西郭陡门，南通净水、旸岙及西南诸乡之水。"这条水路从城区，到三溪大地，都是通畅无阻的。于是，这一带成了城区达官贵人的后花园了，他们只要坐上船，就可以爬爬山、玩玩水、写写诗了。叶适所在的会昌湖到仙门，也就几十分钟的事情，在古代来说，这是很短的时间。因此在三溪流域，留下了大量的诗词流传至今。仙门河龙舟竞渡的热闹，更是吸引他们的到来。

王又曾则有两首提到仙门湖观竞渡，一是《仙门湖观竞渡》："船窗面面卸斜曛，放出清眸刺水云。蝴蝶一双飞上下，石榴花底石榴裙。"《清史稿》记载：王又曾，字受铭，秀水人。乾隆十六年，南巡召试，赐举人，授内阁中书。十九年，成进士，授刑部主事。秀水，即今嘉兴市。王又曾的诗"专仿宋人，轻倩爽利，颇多生趣"，被称为清诗"浙西六家"之一。王又曾大概多次来到仙门观看龙舟盛事，他还有一首《瑞龙吟·重五前一日仙门湖观竞渡》："仙湖面。依约白鹭掀涛，老蛟吹练。锦标天际飞来，一龙奋援，群龙舞转。疾于箭。遥指千桡齐动，雷惊雨霈。霎时翻簸鲛宫，腥风撼树，墨云弄晚。容与翠旆彩索，神光离合，近前还远。村角水涯髻香，铅影零乱。繁丝急拍，声溢东西岸。情摇扬，榴花妩艳，群红不断。画舫帘全卷。隔蒲一笑，镜心分散。渐酒慵歌懒。愁去弄，芳兰灵均幽怨。黛峰无际，绿阴一片。"此词把龙舟竞渡的场面描写得动感十足，让读者如身在现场。

　　郭钟岳在温州各地都留下了足迹，当然也到过仙门一带，写有《瓯江竹枝词》三首，第一首为："上河乡到下河乡，甘蔗青青桔柚黄。更喜连年多乐岁，收来租谷满船装。"三溪流域本为平原，"河流纵横，水网密布，土地肥沃，居民依山傍水而居，是为河乡之地"，如今瓯海区行政中心附近的新桥街道一条路即为"上河乡路"。郭钟岳从"上河乡到下河乡"，就应该是乘船而来了，他的《瓯江竹枝词》第二首为："龙舟竞渡闹端阳，五色旌旗水上扬。争看千秋天外落，梢婆笑学女儿妆。"或许，他是看了龙舟竞渡，再游下河乡吧。

旸湖千顷白云流

此生兜兜转转，几年前转到了新桥，"旸湖"一词频频进入我的眼帘，旸湖街、旸湖锦园、旸湖站，不一而足。尤其是旸湖锦园，两幢高楼耸立在一堆旧房子之间，边上又是新的旸岙菜场，既热闹，又耀眼。

春节期间，不访友，少出门，搬出书柜里的一些旧书慢慢翻阅，其中翻到了瓯海老诗人姜善真老师编的《温瑞塘河历代诗词选》。在《温瑞塘河历代诗词选》一书里，不包括相似的"阳湖""旸河"，单单以"旸湖"为题的诗词至少有十八人次撰写，有的诗人还不止写一首，时间跨度 200 余年，从最早的明朝王叔果《咏旸湖四景》，和其兄弟王叔杲《旸湖二十咏》，到清朝的瑞安人钟洪名的《同友人夜宿旸湖》。

王叔杲字阳德，号旸谷，官至福建布政使右参政，著有《三吴水利考》《玉介园存稿》。在写"旸湖"的诗里，有明朝当时文坛大家王世贞的《和张肖甫司马题王阳德使君旸湖别墅十咏》，其《超然台》一诗有句："旸湖千顷白云流，百尺隗俄在上头。"王叔杲在《书〈旸湖三记〉后》一文开头就说："盖嘉靖壬寅岁，予方为诸生，爱阳湖山水之胜，旋购得之，稍稍芟榛芜，树花竹，建亭榭，浚陂塘，而胜渐增。后出仕中外垂十五年，每忆故山景物，形之梦寐，辄丐弇山王公、鹿门茅公并为予记之，大记略备。而丁丑岁，予获谢吴兵政以归，湖山如昨，而手植已拱矣。"而王叔杲则在《〈旸湖小志〉序》里说："郡郭之西乡多山水，而旸湖为最胜。予仲氏阳德甫为诸生时，过其地，爱而购之，稍稍芟夷，辟蹊圃，旋治为墅。墅成，而亭台、池迳、木石诸景遂擅称焉。四方荐绅先生乐道其胜，积之得记文、诗歌若干篇，仲氏汇为小志，梓而藏之山中。"从这两段话里可以看出，王叔杲在旸湖一带买了地，用了不少时间，建了个旸湖别墅。王叔杲崇尚奢华热闹，建了旸湖别墅后，呼朋唤友来游玩，所写的诗文汇集起来成了一本《旸湖小志》。

王叔杲《书〈旸湖三记〉后》里的"弇山王公"，指的就是王世贞。王世贞撰有长文《旸湖别墅后记》，开头气势很大："诸称名山者，得水则雄。诸称名园墅者，得山水则益雄。而园墅之雄尤不可兼得。都会之地，王侯贵人足以号集财力，而苦于山水之不能兼。山而巅，水而涯，肥遁幽，贞之士栖焉。而苦于财力之不易兼，以是有两相羡而已。"王世贞私人所拥有的园林，在当世属佼佼者矣，其园林造诣亦高，被看作是整个中国历史发展进程中多元学术的集大成者，所以很流畅的说了一大堆道理。

在《旸湖别墅后记》里，王世贞清晰地描述了旸湖别墅："余乃粗述二番胜所自来，与峹之水分而为雄、瞿、郭三溪，南山折之，合而为旸湖，因东峹之衍，据湖之胜而为墅，墅之中环秀峰而为堂者一，丛群卉而为轩者一，承初阳，沐松柏而为楼者一，其大较如是而已。"文章还描述了旸湖别墅里20余处地方，可谓洋洋洒洒，甚为可观。

瞿溪、郭溪、雄溪三溪之水汇合于仙门后，入下斜河、十八湾，进会昌河。依王世贞所描述，旸湖别墅应该在新桥街道的会昌河两岸，且必须符合两个条件，一是河宽形成湖；二是"环秀峰而为堂者一"，也就是旸湖别墅的部分建筑被山峰包围。我打开地图，仔细查看，发现只有新桥街道山前村符合要求。

"旸"字不常见。在新桥，除了"旸湖"，更多的是"旸呑"。所谓旸呑，如今是三个行政村，分别是西湖、山前和三㳠；9个自然村，分别是前花、中花、后花、东曹、三㳠、二㳠、东呑底、西呑底、山前。

阴雨近六十天后的温州，春天终于撩开了面纱，阳光倾其所有遍洒大地。我站在新桥街道国鼎路的旸呑桥上，朝东望去，一片广阔的水域一直向前延伸，而左边就是山前村了。我沿着山前村的塘河边往东走，不一会儿，因一个小半岛而改道的河，加上进东呑底方向的河道，形成一个"湖"呈现在我的眼前。走过那个小河道，我在龙墩亭前见到了王建光先生。

王建光出生于20世纪50年代，是山前行政村东呑底自然村人。据他介绍，他家是王叔杲留在当地的一支后裔。王建光说，据他父亲所言，龙墩上以前有两棵温州普遍有的榕树，他的老太爷都是被请来的私塾老师在墩上授课的，因为需要划船到墩上，营造出一个安静的读书环境。后来，墩上的树被砍了，经过风吹雨打，只剩下一堆烂泥了。2015年，当地老人协会筹款在其上建了一个亭，以桥连之。这龙墩，倒和《旸湖别墅后记》里的"旸湖之中有洲焉，故有台而无桥"相符合。

　　转过头来，我面向景山，山的高处一座连着两个山头的大桥清晰可见。景山往下延伸，两座开满油菜花的小山隔出了一个小山谷。王建光告诉我，这个山谷称东呑底，过了左边的小山则是西呑底。在没有温瞿公路以前，从山脚下到塘河边是连在一起的，边上那条小河道直通山脚。而这个地方，正是我猜测的旸湖别墅所在地，背朝山，面临湖。

　　东呑底现在是一幅热火朝天的建设场面，我们坐车到了山脚下，边上一小块一小块的农田里种着油菜等各类作物。王建光说，王叔杲的墓就在东呑底的后山上，而这小山，当年也属于王家。虽然各种资料告诉我王叔杲的墓就在新桥旸呑，但不知道确切位置。王建光说他小时候，也就是 20 世纪 60 年代初的时候，经常到王叔杲墓那一带玩耍。当初的王叔杲墓分墓室、台阶和祭坛，左右对称。墓室在最高处，呈半圆形，而祭坛上的石像生高大威猛。2016 年 4 月，王建光上山的时候，发现王叔杲墓被盗。他说，棺材板非常厚，且完整，连油漆也有两三厘米厚。我到了山脚下，还没到王叔杲墓，却先看到了油菜花地里的残破石像生。这些石像生堆积在一起，有的没有头了，有的成两半了，在新生的油菜花映衬下，几无历史沧桑感。

　　我沿着淹没在杂草堆里的旧路，也就是当初的小山路往山上走。这路，几乎无法走，我需要手脚并用才能成行。不一会儿，我站在施工中的王叔杲墓前的路上。若不是有人指认，我根本不知道这就是王叔杲墓。据现场管理者说，因为资金链断裂，暂时停工了。但相信，等我下次来的时候，全新的、有纪念意义的王叔杲墓将立在新桥街道的一角。

　　回程时，我站在新修的路上，往山下望去，左右两座山很清晰地构成了一个山谷。王叔杲生前住旸呇山谷，死后葬旸呇山谷边，而号旸谷，是不是旸呇之谷的意思？当然，这也只能是我的猜测罢了。

郑山头、郭溪和侯一元

午后，我来到温州市瓯海区郭溪街道郭西村郑山头自然村，在村里小路上漫步。

郑山头村背靠大山，面朝三溪平原，是个好地方。一会儿，倾盆大雨不打招呼而来，于是疾步进入已八十高龄的林老伯家躲雨。郑山头村以山得名，因为旧时这一带山属郑家所有，叫郑家山，后因村坐落山之口，故取名郑山头。郑山头以林姓为主，这支林姓始祖为林泉生。林老伯告诉我，他们的老太祖林泉生曾经当过永嘉县长。

查阅资料得知，林泉生，闽人，元朝至顺元年进士，曾任温州路永嘉县尹，最后升为翰林直学士，知制诰，与修国史。林泉生以文学为闽中名士，尤精于春秋，有春秋论断传世。当元明鼎革之际，林泉生择温州城区广化厢森桂里（今鹿城区半腰桥、广化桥一带）居住。传至第三世万一公，其长子寿一公，名鹏，号程斋，明初迁居郑山头村。林氏以诗书治家，人材辈出，清时有太学生林国畴、廪生林家理、武庠牛林家寅、郡庠生林宾、太学生林联瑞、布政司理问林达亨、县衔顶戴林达贞、监生林永标。

　　雨停，郭西村村委会委员林胜雷继续带我绕村而行。在郑山头新路四弄，我见到了林正榜宅。该宅坐北朝南，建于清代，由东西相连两庭院落组成，为传统木构建筑。东院落由正屋、厢房、门台组成。西院落建筑稍晚，由正屋、前后厢房、门台组成。东西院落门台两侧围墙上部，砌预制花式砖墙，灰批花鸟、卷草等图案，做工精致。这是典型的明清江南民居，具有研究价值，瓯海有关部门这几年都在修缮保护。

　　转到村口，遇见一溪流。暴雨后的溪水奔流而下，毫不犹豫的朝着三溪平原而去。林胜雷说，这条溪，是郭溪的部分，如今的郭溪街道，名字来源于这条叫郭溪的溪。

　　郭溪源于天长岭及附近诸山，沿途汇合小股溪泉，向东南穿越郭西、郭南两村后，往平原延伸。经郭溪大桥纳河头河，至百步塘又纳下岙河、前垟河，经舟桥村，至塘下村纳塘下坑溪流，全长约4千米，宽5米至10米。继续向东南延伸，河床增宽，分支众多，形成水网。到下叶这个地方分为二支：一支向南经仙庄村曲折注入仙门河；一支向东南，于仙庄村又纳东方浃，于浦北村纳梅屿河，经浦北村，于屿底、前庄纳前庄浃，几经曲折径流，入阳桐河。整个郭溪，自西向东，依次经过底岙、外岙、郑山头、黄坑、江南、殿上、郭溪、上岙、下岙、宋岙河头、舟桥、白塔殿、塘下、仙庄、浦北、梅屿、浦西、浦东十八个村。

　　水是大自然的精灵，所谓"在水一方"，既古代人大都逐水而居，郭溪的水流着流着，所到区域，都称之为"郭溪"了。从农业眼光看，郭溪流域是个好地方，一边为水，一边是山，田地均为良田，有的地方现在还是农业生产基地。林老伯说，不但平原田地优质，而且郑山头村后山水源丰富，山地亦多为田，一年可以种三季稻。说到高兴处，林老伯滔滔不绝地说，以前没有通公路的时候，他走到郭溪村的码头，乘船到温州城区，很方便的。河网遍布，小河通大河，大河进城去，古代很多住在城区的达官贵人常常来郭溪逛逛，明朝的江西左布政使侯一元有诗曰：

> 隐几不能忘，颓居近夕阳。
>
> 瓠牙今半落，艾顶欲全荒。
>
> 鸡白何年梦，牛眠若处冈？
>
> 欣逢天水客，为指郭溪塘。

这首诗出自侯一元的《卜地郭溪之后塘，用韵赋诗，因赠赵中岳，凡六首》，此诗为第一首，直接点出"郭溪"二字，可见侯一元和郭溪之间的深厚关系。侯一元(1512—1586)，字舜举，号二谷山人，乐清人，明朝嘉靖进士，曾任广西按察使、河南右布政使、江西左布政使，后辞官在家乡创办环璧书院。著作主要有《二谷山人集》《二谷山人集·近稿》《二谷读书记》《翼志七书》，还主编隆庆《乐清县志》、隆庆《平阳县志》、万历《泰顺县志》等。孙衣言评论说："二谷侯先生最后出，甄综经史，特为淹雅。文似宗派荆川诸家，而以视恭毅，则已过之。诗与荡南涂辙不同，而亦无纤仄之音。"可以说，侯一元是当时温州地区明代中叶主流作家之一了。

温州本土学者陈瑞赞在《明代乐清乡贤侯一元的生平与成就》一文中说，在明代后期的士人中间，流行着一种结合城居与乡居的隐逸风尚，他们热衷于修建园林别墅，夸奇斗胜，最典型的例子是当时文学大家王世贞的弇山园。受此风气影响，这时期的温州士人也刻意追求山水园林的享受。该文章说："致仕之后，侯一元大部分时间仍是居住于温州城内。他在温州城内有多处居宅，并在城北郭公山麓构筑了适园别墅，在大南门外和离城较远的吹台乡有'南塘楼居'和白泉庄。"据考证，明时吹台乡包括今娄桥、新桥街道，以及梧田、潘桥街道的一部分。白泉这个地方，即在今新桥街道。侯一元离开官场后，偶尔住在这一带了。而新桥和郭溪是相邻，乘船，也就几十分钟。

2011年12月，黄山书社出版了《侯一元集》，收集了侯一元的作品并进行了编辑整理。瓯海区图书馆地方文献部藏有《侯一元集》上中下三册，不能外借，所以每次去，只能捧着当场看，并记录。还好，现在手机摄影功能强大，可以一张一张拍下来。《侯一元集》繁体字竖着排版，由陈瑞赞编校，"较为完整地展现了侯一元著述的面貌"。《侯一元集》第1361页收录《赠赵中岳歌》，引自《二谷山人集·近稿》。《赠赵中岳歌》有一句："念我吏滇为好仇，为我卜宅山之幽，三台峰下金鸡头。"第1408页录有《卜地郭溪之后塘，用韵赋诗，因赠赵中岳，凡六首》，其中第五首曰："槐影满空堂，长怀忆二郎。追寻投杖日，已隔五秋霜。屋下才何似，山前地渺茫。三台劳指顾，犹道有书香。"此诗的后面注上"地自三台峰来"。这三台峰，位于郭溪后堂山，也就是现在的郑山头村后山。

侯一元在万历十四年去世，享寿七十五岁。据清光绪《永嘉县志》第二十一部分《古迹志一》记载，江西布政使乐清侯一元墓"王世贞撰墓表：表其郭溪后堂山之墓石。茅坤撰墓志：葬之三台峰之麓。"王世贞为明朝当时最著名的文学家；茅坤和侯一元同称"六子"，后来成为明代散文流派"唐宋派"的巨擘。

但是，瓯海本地学者找了无数次，还是找不到这四百多年前的墓。而我，也只是来到郑山头村，凝视着后山，仿佛穿越到明朝，向前辈致敬。

横塘先生横塘来

一

1995 年夏天，我从学校毕业后待分配，来到了位于丽岙街道姜宅村的丽岙第二小学。后来被正式分配到下川村戴在鹏小学，由于两校是上下级关系，所以经常到姜宅村逛逛。当时的丽岙第二小学校长姜秀强老师是位厚道的长者，学校刚刚配备了电脑，我晚上经常跑过去学电脑练打字。晚上呆迟了，直接睡椅子上，第二天清晨，早早地在这个背靠吹台山、面朝大罗山的村子里溜达溜达。

三伏天，炎热。时隔二十多年，我又一次来到姜宅村。丽岙第二小学已搬往他处，原来的校舍改建为姜宅文化礼堂。

姜宅文化礼堂二楼，有个横塘讲坛。我问"横塘"两字何处来？据从任岩松中学退休的已九十高龄的郑日形先生说，对于当地来说，"横塘"有两重意义：一是姜宅原来名称为"横塘"，二是指宋朝世称横塘先生的许景衡。

《宋史·许景衡传》说："许景衡字少伊，温州瑞安人。登元祐九年进士第。宣和六年，迁殿中侍御史。"而有的文章介绍许景衡时则说："1071 年生于瑞安白门里。"姜宅村有一石柱门，因方言谐音相同，慢慢演变成"石剑门"。那两根石柱，如今依然竖立在原处，最早为一扇木门，两石柱，周边围墙由白石建造，有其特殊的寓意，白门名称由此而来。而"横塘"只是其中的一个小村落，许景衡在此出生、成长。

出了姜宅文化礼堂，我一眼就看到路边墙壁上关于许景衡的故事和诗句，并顿足仔细观看。三面墙壁连画，形成一个整体的画面。而路边还有"横塘池"，村里规划出一些区域重新命名为姜宅横塘路。

一会儿，我们来到了一条河边，郑日形先生说许景衡家在这边上。丽岙紫溪源发于芙蓉山，进入此地后，转了个九十度的大弯向东北与大岙溪汇合，注入白门河。该段河流长约3000米，古称"横塘"。我感慨说，既然称塘，应该不大，而现在这河这么宽。郑日形先生却告诉我，原来的河更宽，如今是被填埋了，窄了不少。我们可以想象，青少年时的许景衡，肯定经常到"塘"里玩，游泳、戏水、钓鱼，临水读书。

二

宋高宗时期，许景衡拜尚书右丞，达到了人生的顶峰，在文学上亦取得了很高的成就。温州本土学者陈光熙在《许景衡的文集及佚作》一文里说："《横塘集》原有30卷，宋时刊于台州郡斋，明中叶以后散佚不传。乾隆时编《四库全书》，从《永乐大典》辑出，重定为20卷。"《四库全书》里所录的《横塘集》，有诗歌六卷，共483首。在许景衡的诗里，有两首明显和"横塘"有关，分别是《吹台山》和《横塘》。

吹台山呈南北走向，清光绪《永嘉县志·叙山》载："吹台山，在城南二十里，高处平正如台，相传王子晋吹笙之所。下有饮鹤泉，广袤二十余里，南属瑞安，北属永嘉。山状如台。岩上镌有'不可思议功德'六个大字。下有飞泉、石池。"吹台山连着温州和瑞安，和同样连着温州和瑞安的温瑞平原、温瑞塘河相呼应。《吹台山》曰：

> 闻说吹台上，秋来锁薜萝。
>
> 白云长自在，幽径复谁过。
>
> 天未空愁眼，樽前且浩歌。
>
> 山林与廊庙，二者竟如何。

吹台山上四周寺院古刹林立，物产丰富，在历史上又具有重要军事战略地位。许景衡应该多次上山，而诗中所说"樽前"指的是官至温州府判、后因抗击方腊而亡的徐震，而"廊庙"是指后世为徐震建庙立祀的忠训庙。许景衡写风景写地方，都是诗里有诗。

《横塘集》里有诗《横塘》，许景衡又世称横塘先生，可见《横塘》一诗在他心中份量不小。《横塘》曰：

> 春入横塘绿渺漫，
>
> 扁舟欲去重盘桓。
>
> 谁教天晓廉纤雨，
>
> 又作残春料峭寒。

有人说诗中描绘这样的场景：春天刚刚来临，万物开始披上嫩绿色的衣裳，于是横塘就显得格外"渺漫"动人，诗人本来想载一叶扁舟离去，却又恋恋不舍回来重新徘徊游玩。傍晚时分，是谁教天公下起了绵绵细雨，令这所剩无几的残春显得又有些寒冷了。还说整首诗用语清新自然，充分表现了作者对春日横塘的无限留恋之情。这么解读的人，对许景衡，以及对写这首诗的背景比较陌生了。

北宋王朝在"清明上河图"里，原是"春入横塘绿渺漫"的一片繁荣景象。暮春三月，莺飞草长，这本是一个花木威蕤、万物向荣的大好时光，诗人却为何偏写"残春料峭寒"呢？"靖康"前，许景衡被贬在家。南宋高宗即位后，拜许景衡为副相。许景衡在即将启程时，写下了这首《横塘》。眼看风雨飘摇中的朝廷，因奸臣当道，君王昏庸，"扁舟欲去重盘桓"，能不犹豫吗？真似屋漏偏偏受"廉纤雨"。郑日形先生说，当时许景衡已深知自己身若大海中一叶"扁舟"，大厦将倾，独力难支。但满腔忠君报国情怀，使他在"欲进不得、欲退不忍"极度矛盾的心境中，写出了"扁舟""欲去""重盘桓"等悲痛、无奈之词句。他虽有"欲去"之意，又明知自己回天无力，且和"议和派"水火不能相容。在这进退两难"重盘桓"的艰难抉择中，由于忧国爱民崇高信念的驱使，因之痛下"鞠躬尽瘁"之心，不得不应召进京。

三

许景衡为温州人所津津乐道的另一个身份，是"元丰九先生"之一。

在姜宅村的一面墙壁上，绘着"元丰九先生"集聚一起的图像。这九人分别是许景衡、赵霄、张辉、周行己、刘安节、刘安上、戴述、蒋元中、沈躬行，他们先后于宋神宗元丰至哲宗元祐时入太学学习。明弘治《温州府志》就已经载有"元丰太学九先生"称号，后来，简化称为"元丰九先生"。

许景衡和伙伴们并不满足于接受太学的教育，而是经常远行至洛阳。学得洛学知识后，他们回来讲学，有力地发展了温州文化。如南宋永嘉学术著名学者林季仲、林叔豹、肖振等都是许景衡的授业弟子，形成了以叶适为代表的永嘉学派。许景衡等"元丰九先生"之所以令后人敬重，就是在洛学和永嘉学派之间起到了非常重要的连接作用。2012 年去世的研究永嘉学派的学者周梦江先生在《叶适和永嘉学派》一书中说："元丰九先生中对永嘉之学贡献最大的是周行己和许景衡。"

《宋史·许景衡传》说："至瓜洲，得喝疾，及京口卒，年五十七，谥忠简。"清朝孙诒让在"永嘉丛书"本《横塘集·后跋》中说："元丰九先生推忠简独后卒，名德亦最显。厥后永嘉学者，后先辈出，多于忠简为后进，或奉手受业其门。靖康、建炎之际，永嘉之学几坠而复振，于忠简诚有赖哉！"

四

许景衡去世后，"诏赐其家温州官舍一区"，但其葬于何处，史书几无记载。

宋高宗即位初期，浙西军变，多地被占领，朝廷数次下令招安，效果却不明显，负责招安的朝廷官员反而被杀害。许景衡建议朝廷放弃招安，果断捉杀军贼，不给敌人留下任何反复的余地，否则后患无穷。郑日形先生研究认为，许景衡生前敌人多，况且这些军贼离温州也不远，为避免死后被掘墓盗墓，许景衡的墓有三十六座。这也是当时一些高官的流行做法。

之后，原白门姜宅一带五个自然村合并成"联成大队"，在吹台山五凤楼山腰开荒种地，一些坟墓被随便挖开。有一块墓碑，被当地人拉到地里，成为抽水机边的冲水板。水从河里抽上来，直接冲上水渠，如果水渠里都是泥，则会冲出个大坑了。于是，会找一些石板接受水的冲击，让水安稳落地。那块墓碑，就是这些石板中的一员。

"农业学大寨"结束后，"联成大队"解体，"姜宅"两字从此成为村名，而有形有影又有厚重感的"横塘"两字，只作为一个符号存在了。经过几十年的变化，那墓碑也被压在了某块地里沉默如历史。姜宅村布置文化礼堂时，郑日形先生想起了这块墓碑，于是组织人员挖地三尺，将其解救出来重见天日。泥土刷洗之后，因为当年墓碑正面被水冲击过多，大部分文字已不可认，但是"瑞安帆游白门""高宗"几个字，还是很清晰的。郑日形先生说，这墓碑，就是许景衡三十六个墓之一的墓碑。

如今，这块墓碑静静地躺在姜宅文化礼堂里。墓碑呈长方形状，厚而重，正面水冲痕迹明显。墓碑文字是阴刻的，边缘的字隐约还能看清，但更多的内容则不可辨了。据说，村里有识之士和华侨正在商议，将在村里建设一个占地十余亩的类似纪念馆的建筑，以纪念许景衡。资金问题由华侨解决，土地拟选择五凤楼山脚下原来许景衡墓的边上。而这块墓碑，将成为该建筑的镇馆之宝。姜宅村也准备出资请文物专家将墓碑上的文字拷出来，以梳理和补充许景衡的资料。

古诗里的梧田

瓯海梧田一带属于冲积平原，河道四通八达，旧时沿塘河遍植莲藕。南宋淳熙十四年（1187），温州知州沈枢浚治重修了塘河，为两岸的农田提供了灌溉、排涝之利，也为河运之繁荣创造了有利的条件。

此地风光好，文人墨客纷至沓来。曾任温州知府的杨蟠写有诗句"赖有风相送，荷花十里香"，永嘉学派陈傅良写有《观南塘四首呈沈守》，进士卢方春写有《莲塘》。

梧田旧称"吴田"，明朝礼部侍郎王瓒有十四首《在永嘉城南七里吴田村》和《吴田村庄和竹泉陈直庵亲家韵》诗。《在永嘉城南七里吴田村》其中两首为：

东风于我有佳期，犹怪平湖荡桨迟。流水小桥春稼处，落花啼鸟昼游时。

淡烟漠漠雨丝丝，十里平湖自到迟。似怪春光无觅处，特将杯酒对花枝。

王瓒曾经在梧田的大堡底村一带，建了一个瓯滨郊墅，人称瓯滨先生，他的著作名称就是《瓯滨集》。新出版的《梧田街道志》里说该别墅"附近有'烟霞洞',园中有'玩芳斋',小竹蔬花相映成趣,奇岩怪石堆砌如画,庭园恬静,景色清幽"。

如今的梧田街道大堡底假山宫大殿联的下联还说"瓯滨郊墅,七十里塘河,映带千秋"。据《梧田街道志》,假山宫是以当年王瓒的度假山庄命名,边上还有一条假山巷。"假山宫"墙壁上紧贴的几块像是"假山"的石头,据说是原瓯滨郊墅里遗留下来的。假山宫里有一水池,"水池大约3米见方,内有古石堆砌,池水清澈"。

假山宫里有一块碑详细地描述了瓯滨郊墅里的景色:"园林深广,景色清幽,山庄面南,前有湖塘与梧水相通,岸石斗榫骑缝,横绕门前,杨柳垂堤,桃花映水,阳春三月,红雾绿荫,鲜艳之至。"从假山宫门口往塘河走,也就几十步,所以瓯滨郊墅很可能就是连着塘河的。

在明朝,除了王瓒这样的著名人物,还有一妇人刘氏也写了一首诗《晓风柬吴田姨母》:"轻风摇荡拂妆台,飞尽残红遍绿苔。怜我双眉愁易结,不曾吹得半分开。"很明显,诗题里的姨母就住在吴田。

清朝的郭仲岳《瓯江竹枝词》描绘了梧田一带菜花飘香、蜂飞蝶舞的田园风光:"踏青侣伴过南塘,二月春风夹路香。蜂蝶紧随衣袖舞,吴田十里菜花黄。"

民间相传,那一带有"太阴宫""庆福院""仁济殿"三座殿,这三座殿前有一条街,被称为"殿前"。街上除了店铺做买卖外,附近村民也按时令,将自产的农副产品,拿到"殿前"临时设摊交易,逐渐形成集市,被称作"吴田市",是下河乡重要的商品集散地。"吴田市"在瓯滨郊墅的隔壁,按照王瓒诗题

"在永嘉城南七里吴田村"，也就是说吴田距离当时的城南是七里。站在如今梧田街村中部塘河、原建于清朝的庆安桥上，朝着温州市区方向看去，世贸中心大厦看得清清楚楚。

吴田市慢慢发展起来，沿街店肆比邻，商品齐全，交易频繁，南塘河上遍是运输船只，交错拥挤，极尽繁华之景象。河道上"运输小船如飞燕"，夜船不停穿梭往来，有诗云："河乡流水漾晴澜，夹岸榕阴拥翠峦。夜半航船酣客梦，五更斜月到章安。"繁荣到一定程度，人来人往，吴田甚至被称为"吴都"。著有《且瓯集》的瑞安人项霁有一首《永嘉城南舟行短歌》，头一句就是"阆州城南天下无，瓯依洲渚同吴都"。

清末到民国初期，不知什么原因，吴田被改为梧田，又在后期改称梧埏。民国时世居城区的诗人杨青写有一首《大龙灯》："城厢处处贺丰年，灯月光中笙鼓阗。偏看大龙爱乡下，累郎搀着到梧埏。"

"一代词宗"夏承焘 1918 年从温州师范学校毕业后，1919 年任梧埏小学校长。戏曲学家王季思 1906 年出生于梧田一书香家庭。他的一学生曾经写道："王老师从小喜欢看戏，那涂着白鼻子的小丑，插着雉尾的番将，风流潇洒的书生，婀娜多姿的旦角，还有观众的哄笑声、叹息声，飘散在夜空中的锣鼓声、管弦声，在他当时幼小的心灵中，留下了不可磨灭的印象。"说明民国时期那一带非常热闹，每到节日经常会有戏曲活动，而王季思经常跑去看戏。1922 年到 1924 年，他还在梧埏小学任教过。

如今，梧埏镇改为梧田街道，当年的吴田市则是如今的梧田老街。

诗歌里的慈湖

　　瓯海新近出版的《梧田街道志》里，引明弘治《温州府志》、清光绪《永嘉县志》说："吹台塾在吹台乡，宋吴溁立。设教后，郡守杨简礼之，易名慈湖塾。"宋嘉定年间，一个叫吴溁的人创立吹台塾。吹台塾得到了当时温州太守、慈溪人杨简的支持，得以迅速发展，一时学风蔚然，从学者诸多，学有所成者也不少，如赵崇滋、方来、潘凯等。因杨简的影响，后人以杨简世称"慈湖先生"，改塾名为"慈湖塾"，以示纪念其功绩。

　　一个地方有没有名气，就看去的人多不多。虽然如今104国道上从慈湖路口上下的人不少，但这都是因为经济发展的缘故。那么在古代呢？我们就只能看古诗词了。也是从明朝开始，至少有八首诗歌，其题目中有"慈湖"二字，我查到的最早的是赵谏的《登慈湖岭》。

　　清朝诗人项霁、丁立诚、项鸣珂、陈祖绶直接以"慈湖"二字作题，比如清末藏书家、目录学家、著有《永嘉金石百咏》的杭州人丁立诚的《慈湖》："杨公勤讲学，礼贤道貌殊。渊源溯学派，水亦号慈湖。"又比如清末温州名士陈祖绶的《慈湖》：

"小桥双板出孤篷，薄暮青山入画中。三尺断碑询野老，数声短笛识樵童。烟村十里杏花雨，茅舍几家杨柳风。涧水煮茶奴拾叶，石头吹火照颜红。"

慈湖包括慈湖南村和慈湖北村，清光绪《永嘉县志·乡都》提到这两个村名。清朝著有《研畊堂诗钞》的项鸣珂，曾经写过《游北村》："乘月泛舟觉夜迟，北村风物最相宜。闲游胜地浮生乐，喜入名山得句奇。细雨黄花初放后，满林绿橘半甜时。临流倚槛听啼鸟，路上行人笑我痴。"也写过《南村道中》："南村山色好，笑傲此身闲。雨止松声里，云生水浪阔。林空人迹少，日暮鸟飞还。散策尘中路，乘舟水一湾。"现在，一般只称南村村和北村村了，不再带有"慈湖"二字。

古时候，文人墨客不但爱来慈湖游玩，也有直接隐居在此处的。宋朝名臣张阐，为官刚正不阿，力主抗金，以龙图阁学士致仕，著有《张忠简文集》等，晚年隐居在慈湖。而死后葬在此地，说得出名字的名人，至少有十六处，比如宋薛季宣墓、王允初墓，明周旋墓、叶式墓，清孙诒让墓、陈百川墓。其中最为人所津津乐道的，则是孙诒让墓了，列为温州市文物保护单位。

既然这么多诗人喜欢来，慈湖当然有名胜吸引他们，其中最有名的当属位于南村村的伴云道观了。初秋的一天，我在高德地图指引下，上104国道线，穿过南村村，沿着盘山公路一路而上。走走停停，停停走走，首先仔细观看的却不是伴云道观，而是一座古塔。

古塔呈灰白色，正面有四个字"伴云古塔"。伴云古塔又称慈湖八福山砖塔，为瓯海文物保护单位。据瓯海本土学者记载，伴云古塔临溪靠山而筑，塔座平面呈六边形，塔身六面七层，高约 11 米，平顶，每层每面均设有佛龛。塔身原为青砖砌筑，后来维修的时候全部用水泥砂浆抹面，也就是我看到的样子了。据说，此塔比例均衡，风格古朴，为现存浙南砖塔较为典型的建筑。但我最感兴趣的，却是塔身上的一大一小两棵小树。小的树长在第三层，向外延伸出去，形状和引客松差不多，好像在和来来往往的人打招呼。而塔顶的那棵不小，枝干粗壮，遗世独立，与蓝天白云遥遥相对。

伴云道观在古塔的上方，也是瓯海区文物保护单位。相传此地旧为八位老叟隐居修行之处，始建于明代约嘉靖年间。清初，曾为佛教场所，名为伴云寺，又称山底庵。清朝释无言写有《夏日避暑吹台伴云寺》一诗。民国时期，诗人张楒也写过一首《与叶婿墨山登慈湖岭游伴云寺》："有约访招提，登山路踏梯。青看千嶂合，绿眺万畦齐。寺静云生牖，岩幽瀑泻溪。此中真引胜，壁认故人题。"

但是此处后来改称为伴云道观。我下了车，首先看到的是山门围墙外壁上题的"福生无量天尊"。门台歇山式，重檐，盖青筒瓦，正脊两端饰龙吻，外设拉门，内又设木板双扇门。门台石刻对联，涂金字，云："道心朗照千江月，真性虚涵万里天。"

伴云道观四周苍松修竹，岗峦起伏，流水悠然，环境清幽雅致。伴云道观后面的山，就是吹台山。往道观左边的小路下去，一座拱门就出现在我的视线里，石头砌成，古香古色。我首先看到的是背面"云洞门"额，而在正面，洞额"别有天"三大字。

在回程的路上，我的脑海里总盘旋着"别有天"这三个字……

他知道回家的路

一路行一路读

罗马时代的普林尼说："生命的过程倘若没有阅读一路伴随，简直毫无趣味可言。"对于着迷于书本的人来说，会把每一个时间段利用起来，寻找机会看书。

双脚是最低阶的交通工具，亦是最安全的。对于痴迷读书的人来说，也是最空闲的，拿起书本就是自我世界。英国大名鼎鼎的约翰逊博士有一双大近视眼，走路时总是把书贴着鼻子，于是路上状况百出，不是屡屡跌进阴沟，就是不时被木桩、石块绊倒。跌进阴沟这种经历，我也有过。那时候刚参加工作，意气风发，把所有等待的时间充实起来。外出吃午餐，顺手拿了本书，在路上走时便沉醉其中。每天走这条路，很熟悉，稳步前进，突然一脚踩空，在众目睽睽之下，右脚小腿碰上了刚被挖的阴沟的边缘，拉起牛仔裤一看，一大块肉离开了我的身体，挂了好几天盐水，到现在伤疤还呈书本样子留着。看来我们中国和英国的阴沟结构不一样，约翰逊博士屡屡跌进都没事，我一次就够终生回味了。

古代人出远门，骑马骑毛驴，那也可看书吗？马的速度这么快，我想只有传说中的高手可以做到，而拿破仑就聪明多了，在御用马车上装设书架。有一句歇后语叫"骑着毛驴看唱本——走着瞧"，我们可以想象古代文人"骑毛驴过闹市，不为闹市所动，而是有滋有味地读唱本，看《西厢记》《牡丹亭》"。张果老的毛驴最著名，但他有没有就着远去的风景读书，则不得而知，倒是老子骑青牛手里还拿着书。现代人出行，汽车居多，会利用时间的人正好可以利用。我非常佩服能在车上看书的人，无论是公交车还是私家车。我打开书注意力一集中，头就开始晕，甚至会恶心。曾经见过一个跪在公交车地板上，把书本放椅子上写作业的学生，刹那甚感心酸。

飞机上不允许动用电子产品，让很多人绝望，虽然航空公司摆放了满满的印刷精美、花枝招展的内部刊物和广告性杂志，但这些书有可读性吗？这摆明了是给某些无聊得不行的人士准备的，喜欢读书的人往往早早在随身携带的包里为自己装上书。一篇《在飞机上的阅读推荐》让人不解，在飞机上必须读特定的书籍？其实读书因人而异，严谨的人带的是需要连续阅读的书籍，而有的人选择轻松点的书籍只求旅途愉快就好，更多的人不是因为阅读而阅读，只是打发天上的时间而已。有个印度工程师问为什么飞机上不阅读的是中国人，我只能呵呵了。在一些人看来，获得阅读体验是很傻的行为。

在路上看书受过教训，在汽车上看书会头晕恶心，在飞机上看书时间短且中途还要进餐。虽然动车上人来人往，环境糟杂，但我还是能够集中注意力。从杭州到温州的动车大概三个小时，按照我的阅读习惯，这段时间里可以把一本小说，或者散文集读完。

坐着读书

读师范时，学生晚上九点半要上床睡觉。学校为了让我们按时休息，安排了值日生检查。记得我也当过值日生，在楼道上透过那扇小窗看寝室里有没有亮着光，侧耳倾听有没有人在说话。不知道是假装认真，还是真的想读书，我这个值日生却点起蜡烛，用四块画板将上、前和左右遮盖起来，然后看起书来。学校图书馆一周开一次，一次借一本，很多经典文学作品，都是在那段时间读的，尤其是《围城》，读了好几遍还是不得甚解。

现在，微信朋友圈成了很多人展示自我的机会，我们经常能看到一些人在晒自己读书。父子俩穿着非常整齐的隆重的服装，眼角带着一丝笑意，一人拿一本书靠在一起读书；一人穿着西装戴着领带，坐在书桌前双手捧着一本书，看上去很严肃很认真。这两张照片，明显是摆拍，只是为了拍照，为了发朋友圈而读书。现代社会，难以想象，谁还穿着这么正经的衣服拿着书读半个小时、一个小时，甚至两个小时。如果能，只能说是偏执狂。

读书，应该是一件很舒服的，甚至很享受的事情。一般人回到家，夏天光着膀子，冬天则穿着家居服，有时间了，随手惬意地拿起一本书来读。

有句话说："坐着读书，躺着思考，站着做人。"古人对待知识怀有一种敬畏的态度，将书本看得十分神圣。因此，他们在阅读之前，总要净手焚香，阅读之时正襟危坐。读书姿势是以坐着为主，科学的说法是："读书时，双手捧着书本，书本上端稍抬高与桌面成 45 度角，头稍向前倾，这易看清字体，还能避免颈部肌肉紧张和疲劳。"这科学得过头了，双手都捧书，怎么记笔记？不记笔记，读书效果往往会大打折扣。左手压纸，右手拿笔随时在书本空白处记笔记，才有读书的感觉。

拿着笔，我们可以在重点处，或者在有来历的句子下画线。在空白处做标记，画星号和三角形，表示某个词语好、有趣，显示一种情绪。在空白处编号，如作者一系列陈述时，做顺序标记。在空白处记下其他页码，以表示联系。在读书的时候，我们往往会有自己的思考，忽然有了灵感，或者有了一个问题，这时候，把这个记下来。如果没记下来，很快就会忘记了的。但是如果记在页面里面，翻过去后，想找就不容易了，所以，最好是把自己的想法记在书的后面或前面空白页，以便梳理阅读思路。

躺着读书指身体平躺着读书，或躺沙发，或躺床上，是很多读书人的选择。一篇文章说："人躺下后，身体与支持面（如床）接触面积增大，压强变小，人体处于一种舒适的状态中，于是神经中枢就会使人感到困倦，以促使大脑及身体得到休息（即睡觉）。此时人的大脑比较迟钝，记忆力也大幅下降，十分不利于学习。"其实躺着读书只是一种短暂的行为而已，一般不会超过一个小时。这时候的读书，读一些轻松的书是最合适的。躺着读书还借指读书时仔细领略书中蕴涵或只单纯地读书而不转化为自己的知识，真正的读书人对此很不待见。但是风靡过一段时间的中国香港作家董桥曾经在一篇文章里讲到，他最喜欢窝在沙发和床上读书，称为人生一大乐事。或许这也是人各有志？

今天你读书了吗

4 月 23 日是伟大的作家塞万提斯和莎士比亚的辞世纪念日。1995 年，联合国教科文组织宣布 4 月 23 日为"世界读书日"。

世界读书日全称为世界图书与版权日，又称"世界图书日"，除了是两位伟大作家的纪念日，还来源于西班牙一个叫加泰罗尼亚的地方的一个传说："美丽的公主被恶龙困于深山，勇士乔治只身战胜恶龙，解救了公主。公主回赠给乔治的礼物是一本书。"从此书成为胆识和力量的象征，4 月 23 日成为"圣乔治节"。在加泰罗尼亚地区，节日期间，居民有赠送玫瑰和图书给亲友的习俗。

谈到读书，不能不谈犹太人和冰岛人。

有一个资料说犹太人平均每年读书 64 本，以犹太人为主的以色列是全球人均阅读量第一的国家，拥有的图书馆和出版社数量位居世界前列。截至 2015 年，全世界 770 位诺贝尔奖得主中，有 153 位是犹太人。占世界人口总数仅仅 0.3% 的犹太人，却获得了将近 20% 的诺贝尔奖。于是，有人把犹太人的财富和他们读书联系起来，统计出美国的百万富翁中近三分之一是犹太人，说"世界上的财富在美国人的口袋里，美国的财富在犹太人的口袋里"。

仅有 33 万人的冰岛，十分之一的人在他们的一生中会写一本书。据说英国广播公司曾调查显示，冰岛平均每个人在 1 个月里买了近 2 本书，创下了世界最高记录。每年九月份，冰岛出版商协会就会向每个家庭邮寄一本书名目录。从目录寄出到圣诞前夜，冰岛人买书的热情达到高潮。

据说，温州人每年平均纸质阅读量 6.74 本。于是，我也理理今年一季度以来的书单。

期刊是出版物的一种。在中国读书界，向来有"南《随笔》北《读书》"的说法。《随笔》是处于南方的广东花城出版社有限公司出版，到 2020 年 3 月，已经出版 242 期。《读书》期刊是处于北方的生活·读书·新知三联书店出版，坊间曾有言："读三年中文系，不如读三年《读书》。"除了这两本杂志，我通过邮局订阅的还有文学杂志《诗刊》《散文·海外版》《中篇小说选刊》，诗歌、散文和小说都齐了。还有一份期刊，叫《文学自由谈》，读来甚爽。同时，通过现在特别方便的微信订阅了《散文选刊原创版》《海外文摘文学版》《浙江诗人》，浙江省作协定期邮寄来的《江南》杂志和《浙江作家》，以及温州市文联的《温州文学》。整体算起来，是 12 种期刊，其中有五种是月刊，五种是双月刊，各有一种是半月刊和季刊。如此算来，今年第一季度收到期刊 32 本。

这时候，有读者问了："这么多的期刊，你都读完了？"我依照自己的读书方法，对收到的期刊在有限的时间内进行系统化略读，然后选择一些感觉很不错的文章进行全盘的、完整的、优质的阅读。这其中，《读书》是我倾注时间最多的，除了一些不熟悉的学科，能略懂的，基本会通读一次。

查看了当当网，前段时间买了《瓦尔登湖》《音乐课》《克纳随笔》《人间失格》等17本书；翻开淘宝网，一季度买了《隐喻》《燃烧的远征》《维京传奇》《诺曼风云》《拜占庭帝国》《孤独的帝国》《明史》8本书。2020年春节期间，去瑞安看岳父岳母，还去新华书店买了《会饮记》等书。

在家里，沙发、餐桌、茶几上和床头，都堆积着书，包里至少放一本书和一个小学生用的笔袋。只要双手和眼睛是空着的，我总会读几页书。记得一次在医院等待检查，在一边看起了书，其他地方的椅子上都坐满了人，只有我边上的位置空着没人坐。我在想，是因为我在看书别人不便打搅，还是觉得现在有人在看书是一个傻瓜而不靠近？有个朋友写我："他看书杂，天文地理文艺等都看。"但是，文学作品明显比较多。这个季度，我认真通读了法国伟大作家加缪的《局外人》，和其他文学书籍《音乐课》《人间有味》《草木春秋》《入林记》《微笑向暖》《拯救姐妹树》《历史的温度》（三册）《会饮记》《回到出生地》《我本孤傲之人》，历史书籍《孤独的帝国》《明史》等。

"冰岛人对诗歌有种特殊的偏爱，甚至冰岛首都雷克雅未克机场的玻璃上，都印满了诗句。世界顶尖遗传学家之一的卡里·斯特凡松，也是十足的诗歌爱好者，他会在实验遇到瓶颈时，用写诗来排遣失落感，寻找新的灵感。"在我近期所读的书里，《入林记》《回到出生地》《我本孤傲之人》都是诗集。我往往边读边在书上写一些诗句。有时候，也记些东西，如果觉得能梳理出思路来，顺便写书评。今年已经见报书评三篇《剪裁一截春光》《向历史要温度》《马悦然是谁》。而 2019 年一年，见报的书评二十二篇次。

我啰嗦了这么多，就是想问：今天你读书了吗？

我的"画儿书"往事

　　20 世纪 70 年代末期和 80 年代初期出生的孩子，对黑白连环画往往记忆深刻：两三个小伙伴，肩挨着肩坐在一起，将一本连环画放置中间，一人左手拿着，一人右手拿着，大家一起从头到尾看下来。"连环画是绘画的一种，指用多幅画面连续叙述一个故事或事件的发展过程，实际上应称'连续画'。"连环画，是我的阅读启蒙。四大名著都是先从连环画上了解的，虽然当时不喜欢《红楼梦》。最早知道抗日战争，也是从连环画开始的。

　　1978 年后，随着改革开放，连环画迎来了一个繁荣期。据有关资料显示，以 1982 年为例，全年共出版连环画作品 2100 余种，单本印量 10 万册，期间题材更为广泛，由各国文学改编的连环画层出不穷。

　　从我有记忆开始，家里几乎没有书籍，连练习册也是稀罕物。我开始读小学一年级了，家里稍微有点墨香充斥其中，但那毕竟微弱得可以忽略。随着识字量的增加，能进行简单的阅读，一句话的意思也能明白了。而一些有点书香家底的小伙伴家里，藏有那种上面是画，下面配有文字，或者图画和文字左右两边分开的连环画。山上卖杂货的店不少，但那大多是家庭日用品，是家庭必备的，比如酱油、老酒等。小山村里并没有卖书的地方，更没有书店。小伙伴们的连环画，都是大人从山下带回来的，或者从亲戚家流转来的。

我从小对书籍存在着一种敬畏之心，从来没有粗暴撕过。虽然很向往小伙伴家里的连环画，但不会借回家看，只在小伙伴看的时候，顺便将头钻进去，或者拿没人看的翻起来，更不会抢着看。如今，虽然家里的书被我扔得到处都有，还批注满满，但一本本书还是完完整整的。

那时候，和小伙伴们聊天，大家会争着讲起连环画的内容，有的说这本好看，有的说那本好看，各不一样。

小学毕业后，我每天来回走一个半小时的路到乡政府附近的学校读初中。离学校不远的地方，有家供销社。某天，我们中午吃了饭随便逛，发现一个了不得的秘密：供销社的一个柜子里摆放着崭新的连环画。这些连环画和其他货物一样，都是要卖出去的。当时农村的很多供销社是承包经营，那老板个子小且瘦，但是他老婆儿子都非常胖，对比明显。在当地，这家子的组合相当亮眼，有一个说法，说他们家某天得到了一条河鳗，他老婆孩子吃了，营养好，所以都胖，而他没有吃，还是那样瘦。我看到那些连环画的第一个感觉是：他们家孩子真幸福，可以把这么多的连环画轮换过来看，且天天看新的。而我没有零花钱，只能趴在木头框架玻璃柜子上看着露在外面的连环画封面，大部分压着看不到。大概我这样的孩子不少吧，那老板也不在意，只管做自己的事情。最后，我们带着"羡慕嫉妒恨"的眼神离开了供销社。那段时间，我们天天中午往供销社跑，看一眼也是收获了。

回家和比我小的伙伴们比画着供销社连环画的情况，吸引了不少向往的眼神。其中一个偶有零花钱，比我小几岁，很爱连环画的小伙伴拿给我五毛钱，托我买几本。当天晚上，我失眠了，好像那五毛钱是自己的似的。其实，这兴奋也是有道理的，一是可以买我自己喜欢的，那几本《水浒传》让我向往已久；二是买了后，我可以第一个看，还可以反复看。

第二天中午，在学校吃完午餐后，我一个人偷偷溜到供销社。按照往常一样，我靠在柜子上看着连环画，心里默默地选着。等我选好了，抬起头来看看瘦小的男人，他很疑惑地看我，可能觉得我今天和往日有些不同。我不知道应该叫他叔叔，还是其他的，只是盯着他，而他还是坐在老旧的太师椅上。如今想来，这应该是当时供销社应该有的状态吧。

我从兜兜里取出那五毛钱握在手里，并将手伸上柜台。这下子，那瘦小的老板过来了，问我是不是要买"画儿书"。"画儿"，在温州话里就是画的意思，这"画儿书"，也就是连环画了。连环画在各地都有不同的称呼，称连环图画、连环图、小人书、小书、公仔书等都有。听了他的话，我点点头，手里依然握紧那五毛钱。他拉开柜台后面的木门，把我所指的几本连环画拿出来。我紧张地将那本《水浒传》内容的连环画翻了，发觉是我曾经看过的，果断摇摇头，换了一本。有一两本薄的，我当场将其翻阅完毕。结果买了三本，还看了好几本。

那天下午一放学，到了稍微宽点的马路上，我就拿出一本连环画，边走边看。一起回家的同学像看怪物一样的看着我，问："你买'画儿书'了？"我斜了斜眼，继续看书。同学也不管连环画的来源问题了，马上将头钻进来看。两个人一边在路上走一边看，不小心还会碰头。我干脆从书包里掏出一本来，说："你看你的，我看我的。看完了再交换看。""啊，你还有一本？"

一路走，一路看，当我将"画儿书"交给站在村口等的小伙伴时，我们已经把三本都看完了……

二十年前的书店

博尔赫斯在接受记者采访的时候曾经说："天堂应该是图书馆的模样。"他说，显微镜、望远镜是视力的延伸，电话则是语言的延续，犁耙和刀剑则是手臂的延长，而书则完全不同，是记忆和想象的延伸。其他的各种工具只在特定的时刻和特定的环境有作用，而书籍则和环境无关，和时间无关，时时刻刻可以用到。

我们的书从哪里来？在网络还没有盛行的时候，只能从书店买。

对于中国人来说，谈到书店，绕不开新华书店这道门槛。在物资缺乏的年代，在书籍稀缺的时代，"新华书店"这几个字是多么的耀眼，耀眼到工作人员重要的工作之一就是盯着顾客看。20世纪90年代初期，我在小城读书的时候，不知道是别人带的，还是自己找到的，反正就这么进了新华书店，也是我所进的第一家新华书店。

当年小城最繁华的街道是解放街，两侧有各种各样的店铺，吃的、喝的、用的，各式各样都有，而新华书店占了好几间店面，且是两层。大门进去，右边都是文学类书籍，也是我如今能记得的一个角落，而已经忘了不经常去的左边和楼上安排着哪些书。为了写这个文章，我特地把二十年前的日记找出来，原来二楼左边是传记、哲学、法律类的，二楼右边是教育图书，一楼左边是儿童类，一楼右边是文学作品。

我在小城读书的三年，正是那位老人南方之行后的三年，也是武侠小说流行的时候。新华书店右边这个小空间里，摆的基本是外国文学、武侠小说和国内的一些名著，从来没有诗歌的印象。虽然那时候的书价没有现在夸张，但也不是我们能买得起的，所以抽出一本喜欢的书，慢慢翻阅起来，过过眼瘾。和所有的新华书店一样，工作人员脸上都是没有笑容的，有时候聚集在一起聊天喝茶，有时候则看着我们。我们稍微看长一点时间，那脸拉得比面条还长的女人就会跑过来，说："你买不买的？不买就不要再看了。"当然，这些话也都只对少年儿童说的。我有时候在想，我对在新华书店、医院、银行这些地方工作的人都没有好感，是不是有此原因？曾经看到过一个笑话，说某大作家到一书店参观，书店为了讨好他，将其他作家的书撤下，只摆上此作家作品。作家到访时问："其他作家的书这么畅销，我的书居然没人买？"有一天，我突然想到，我待的这个角落，如果摆满了一个作家的书，那将会怎么样？

那时，我所在的学校学生会有一项权力：安排学生看电影。有一天，本是一老师为我们作讲座的，结果学生会排起了看电影，老师的讲座无人问津了。老师很生气，咆哮的声音都能传到教室里，但也仅仅是生气。其中有个电影院在西山，可以从解放街过，一直到底。某天，在这条街上走着走着，发现了一家专门卖报纸和期刊的小书店。

其实，这家店离新华书店并不远，但是我的心理距离远，因为就算逛街，我们的目标也明确，一般不会多走一步。那天电影结束后，我步入这家由邮电局经营的一间门面的小书店，从此一发不可收拾，经常去逛一逛。那时候，我喜欢文学，所以经常来买《诗歌报》《星星诗刊》《诗刊》《散文诗》《散文》《散文选刊》等纯文学刊物。这些杂志印刷简单，价格也便宜，在我的书柜里待了十几年。前年因为搬家，我把所有的这些期刊打包卖给了废品回收站。曾经的付出，曾经的日日夜夜，甚至曾经的岁月，也被我一起打包扔了。

除了纯文学期刊，小书店里还有其他各类精美期刊，如电影类、摄影类美伦美奂的图片。这些杂志实在太贵了，我买不起，都是站在书店里翻过的。有些更漂亮的，往往用透明塑料袋包装着，不敢拆，只能看看封面望梅止渴。我对全国期刊的了解，几乎全部来自这家书店，如《兵器》《新华文摘》《大众电影》等。记得我还买过一次《新华文摘》，因为里面一篇中篇小说的缘故。小书店也卖《读书》，我也经常买，且都保存了下来，记得母亲还责怪说同样的书买了这么多，占了好几个柜子。一直到如今，《读书》依然在我的订阅名单里。

小书店的报纸都是摆在柜台上，每一种报纸都竖着叠上去，用长长的橡皮筋压着，方便群众取。如果哪种报纸卖光了，就空着了。经常有老人过来，给个五毛的硬币，自己取一份报纸就走。我经常买《南方周末》，一次买了打算回家看，在车上，被一张一张地借走看了。等我快下车时，数一数，发现少了几张，原来是后排的人不想还我了……

　　小书店的期刊都来自邮局。当时一文联工作人员告诉我，邮局的期刊到了后，先送到小书店，过几天再送到订阅者手里，打了一个时间差。我现在脑海里还清晰地印记着小书店的服务员：一个大概四十岁的妇女，脸色苍白，看上去很没精神，也没见笑过。她的左手总是放在身前，一般用右手，听过有人说她的身体不好。我们在里面翻阅那些全新的期刊，她都不会呵斥我们，只说不要折书。去多了，她也就不管我了。

　　十年前，问起瑞安的朋友，说小书店已经消失了。是啊，现在连期刊自己都保不住了，还有几个人会去买呢？一个在《诗刊》上发过一首诗歌的人说："买文学期刊？脑袋被驴踢了哦。"

从报刊亭前走过

　　和舟儿压马路时，他在一个报刊亭前看起了书。小小亭子，柜子上摆满了红红绿绿的时尚杂志和《知音》《读者》等流行期刊，《参考消息》《环球时报》《南方周末》放在显眼的位置，两边则挂着各类小朋友最喜欢的漫画书和玩具，前面放个冰柜卖消暑食品，边上还有个公用电话机。

　　看着舟儿和报刊亭，我脑海里显示的是二十年前瑞安城万松路上那个报刊亭。立在瑞安市人民医院旁边，从我们学校出来到老城区，一般要经过那里。当时这个报刊亭生意很不错，畅销书、期刊、报纸，样样不缺。同样的期刊，通过邮局的订阅者拿到手的时间比出现在亭里的要迟好几天。在这里，我认识了《随笔》《收获》等期刊，并成为忠实的读者。记得诗歌期刊《诗歌报》还被放在最前面，买者众多。

　　有次和朋友聊天，他说要去邮局订阅《读者》期刊，我很惊讶地说：“《读者》不是去路边报刊亭那里买的吗？”我潜意识里一直以为，《读者》和一些昂贵的时尚期刊应该去报刊亭里买，因为这些期刊没有连续性，也不会做资料用，这期读了缺下期，亦无伤大雅。而文学期刊习惯连续订阅，一期一期摆在一起，才有成就感。但不可否认的是，报刊亭在群众文化生活中起着很重要的作用，是很多人记忆里的闪亮点。

N 年前有报道说，曾经的报刊亭里，5 分钱一份的报纸销路很好，几个小时可以卖掉 1000 多份。经常有市民一次买好几本十几块钱的期刊，有北京的报刊亭经营者因此在首都买了房子。但是现在的街头，甚少能看到报刊亭了。我一直以为，因为纸媒的衰落和互联网阅读时代的到来，报刊亭经营不善倒闭，后读到一篇文章才知道，很大一部分报刊亭，竟然是被管理部门以所谓"影响市容""占道经营""阻碍交通"甚至"违章建筑"的名义所拆除的。

报刊亭作为一条城市文化风景线，曾经是一个符号，深入市民的文化生活。2008 年有过一部电影，题名就是《报刊亭》，讲主角苏金花十六七岁时跟着爸妈来到北京经营一间报刊亭，几年后，一家人过上了相对平静的日子。后来弟弟苏金顺要来北京，父母决定让她回去结婚，报刊亭交给弟弟经营。但是苏金花坚决不答应，认为报刊亭有一半属于她的，经过一系列波折，她在城市的另一端开了一个自己的报刊亭。不知道编剧在写剧本的时候，电影里的报刊亭原型在哪里？现在还在不在？而我曾经常常光顾的那家报刊亭是不是已经淹没在瑞安经济发展大潮中了？

我们离开那个报刊亭时，舟儿买了两本漫画书，而我则选购了刚出版的《读书》。

Icarus，你的中文名字到底叫什么

　　一天晚上，和舟儿一起坐在沙发上读书，他读他的《幻影游船》，我读我的《人类简史》。突然，舟儿问我："爸爸，你知道伊卡洛斯吗？"我一愣，问："哪里的人物？干什么的？"他说这是希腊神话里的人物。我"哦"了一声，继续读自己的书。

　　过几分钟，我在中信出版社出版的《人类简史》第 248 页读到："无论是巴别塔、希腊神话的伊卡鲁斯（Icarus）或是犹太传说的话假人（Golem），这些神话故事都在告诫人类，不要企图超越人类的极限，否则只会灾难加身。"我马上问舟儿："你刚才说的是不是这个'伊卡鲁斯'？"舟儿转过来一看，说："你这是伊卡'鲁'斯，我那个是伊卡'洛'斯，不一样的，是两个人。"我被舟儿说得一脸愕然。

　　从我的阅读经验看，这两本书上的伊卡鲁斯和伊卡洛斯肯定是一个人，必然是翻译错了，问题是哪方错了？为了搞清楚，我就去问度娘了。中信出版社这几年做得很不错，所以我选择先查"伊卡鲁斯"。结果显示："伊卡鲁斯是希腊神话中的人物。希腊神话充满这类人生境遇大起大落的故事，描述人们忘记自己本

性时，会面临什么样的下场。其中伊卡鲁斯 (Icarus) 的故事最具有警世教化的涵意。另有以伊卡鲁斯命名的小行星。"英文字母也对得上，我为自己的判断而窃喜。

为了慎重起见，我又查了伊卡洛斯，结果显示："伊卡洛斯（希腊文：Γκαροζ 英文名称：Icarus）是希腊神话中代达罗斯的儿子，与代达罗斯使用蜡和羽毛造的翼逃离克里特岛时，他因飞得太高，双翼上的蜡遭太阳熔化跌落水中丧生，被埋葬在一个海岛上。"英文字母还是这个，但是内容介绍差别不小。这下我坐蜡了，到底哪个是正确的？

我把英文 Icarus 在百度翻译里翻译下，出来了"伊卡洛斯"和"伊卡罗斯"两个名字。这样，Icarus 就有三个中文名了：伊卡鲁斯、伊卡洛斯和伊卡罗斯，难道翻译是各说各话，译者想翻什么就翻什么的吗？度娘的肚子里有货，但是太杂了。

为此，我请教了已经翻译好几本书的朋友，他说："一般以新华通讯社编的《世界人名翻译大辞典》为准，如果该辞典没有收录，那就以源语发音最相近者为准。"他把电子本《世界人名翻译大辞典》发给我。我一个个找过来，发现 Icarus 只翻译成"伊卡洛斯"。原来，舟儿那本《幻影游船》是正确的。

《人类简史》是以色列年轻的历史学家、作家尤瓦尔·赫拉利的代表作，被翻译成近 30 种文字，不仅为全球学术界所瞩目，而且引起了一般公众的广泛兴趣，是一本很不错的书。越像这样的书，越要慎重，尤其是涉及到人名之类的翻译。在我心里，"伊卡鲁斯"四个字就是一颗老鼠屎，坏掉了这么一锅原本应该美味的汤。

作家和抽烟

一个爱抽烟的文友问我抽不抽烟，我回答："不抽，还闻烟难眠。"然后他惊讶地说："那你是怎么写稿的呀？鲁迅不抽烟不写稿的。"抽烟和写稿有直接关系吗？鲁迅不只是不抽烟不写稿，而是烟不离手。关于鲁迅的木刻版画上，总是出现他手上夹一支烟的形象。在某烟草集团的院子里，有一尊鲁迅雕像，手里夹着一支卷烟。鲁迅在写给许广平的信中，说自己每天吸烟大约三十到四十支。这文友说得也没错，很多作家喜欢抽烟。梁实秋在《抽烟》一文里说："我吸纸烟始自留学时期，独身在外，无人禁制，而天涯羁旅，心绪如麻，看见别人吞云吐雾，自己也就效颦起来。此后若干年，由一日一包，而一日两包，而一日一听。"不知道这"听"是现在的什么单位，比两包还多，看上去挺吓人的。

贾平凹在《吃烟》里还说："吃烟是只吃不屙，属艺术的食品和艺术的行为，应该为少数人享用，如皇宫寝室中的黄色被褥，警察的电梯，失眠者的安定片：现在吃烟的人却太多，所以得禁止。"贾平凹用幽默的方式讲述吸烟的危害，但网络上就不会这么客气了，一个很刻薄的脑筋急转弯题目："烟鬼甲每天抽 50 支烟，烟鬼乙每天抽 10 支烟。5 年后，烟鬼乙抽的烟比烟鬼甲抽的还多，为什么？"答案是烟鬼甲因为吸烟过量已经死亡了。

1936 年，鲁迅死于肺疾，长期吸烟正是他过早死亡的重要原因。其实，因为吸烟而去世的作家很多，如路遥、张贤亮。据说，莫言过去吸烟也厉害，但现在已经戒了。贾平凹吸得一手好烟，竟然为乘高铁几个小时不让吸烟而改坐汽车。高建群当之无愧是个一等烟客，他一手挥毫一手夹烟，烟烫到指头才一哆嗦丢开……于是，作家们试着去戒烟。马克·吐温说过："戒烟是很容易的事，我一年戒过好几十次了。"梁实秋说："没有选择黄道吉日，也没有诹访室人，闷声不响地把剩余的纸烟丢在垃圾堆里，留下烟嘴、烟斗、烟包、打火机，以后分别赠给别人，只是烟灰缸没有抛弃。"结果呢？"说来惭愧，我戒烟只此一遭，以后一直没有再戒过。"

作家抽烟抽多了，自然写关于烟的文章来，如林语堂的《香烟和香》，朱自清的《谈抽烟》，徐志摩的《吸烟与文化》，吴强的《我的戒烟》，汪曾祺的《烟赋》，林斤澜的《我的戒烟》，贾平凹的《吃烟》。上海学者陈子善依此编出了一本书《谈抽烟吸烟与文化》，由人民文学出版社出版。朱自清在《谈抽烟》一文里说："有人说：'抽烟还不如吃点口香糖，甜甜的倒不错。'不用说，这准是外行。口香糖也许不错，可喜欢的怕是女人孩子居多；男人很少赏识这种玩意儿。一块口香糖得咀嚼老半天，还是嚼不完，凭你怎么斯文，那朵颐的样子总遮掩不住，总有点儿不雅相。再有你可见过衔着橄榄的人？腮帮子上凸出一块，嘴里不时地滋儿滋儿的，让人不注意都难！抽烟可用不着这么费劲儿：烟卷儿尤其省事，随便一叼上，悠然地吸起来，谁也不来注意你。"他的意思说得很明白，吸烟是多么有风度的一件事情啊。而老舍在《文牛》里也说："我曾经声明过：'先上吊，后戒烟！'以示至死不戒烟的决心。现在自己打了嘴巴，最坏的烟卖到一百元一包（一包 20 支，我一天至少吸 30 支），所以我没法不先戒烟。没有烟，我只会流汗，一个字也写不出！戒烟就是自己跟自己摔跤，这叫我怎能写字呢？半个月，没写出一个字！"那怎么办？继续抽呗！汪曾祺更有意思了，他在《烟赋》里把抽烟写得仙气缭绕的："打开烟盒，抽出一支，用手指摸一摸，即可知道工艺水平如何。要松紧合度，既不是紧得吸不动，也不是松得跺一跺就空了半截。没有挺硬的烟梗，抽起来不会'放炮'，溅出火星，烧破衣裤。放在鼻子底下闻一闻，就知道是什么香型。若是烤烟型，即应有微甜略酸的自然烟香。最重要的当然是入口、经喉、进肺的感觉。抽烟，一要过瘾，二要绵软。这本来是一对矛盾，但是配方得当，却可以兼顾。"

贾平凹嗜烟如命，他在长篇小说《废都》中的《后记》里写道："我对我的咳嗽确实没有经意，也是从那次以后留心起来，才知道我不停地咳嗽着，这恐怕是我抽烟太多的缘故。我曾经想，如果把这本书从构思到最后完稿的多半年时间里所抽的烟支接连起来，绝对地有一条长长的铁路那么长。"

贾平凹除了写自己抽烟，还深刻地描绘了烟鬼的窘事。他说，有的烟鬼口袋里绝不会装两种不同质量的烟，从没有摸索半天才从口袋里捏出一根白个儿吸，嘶啦一声，一包高档烟盒横着就撕开了，分给所有在场的人，没有烟了，却蹲在屋角刨寻垃圾中的烟头。抽烟头对于烟瘾很重的人来说，大概是一件平常的事吧。我记得我在的某个场合，几个烟鬼把自己的烟拿出来轮流抽，夜深后，抽光了，翻遍了包，亦没有余粮，于是拿出烟灰缸里的烟头，吹走了灰，把烟屁股稍微擦擦，形式上已经干净了，重新点上吸几口，解除精神折磨。烟头也有吸完时，烟鬼的夜漫长了，熬得眼泪流出来了。这时候，有个没抽烟的人突然想起参加宴会时分得的一包烟还在包里，于是发声："我好像有一包烟。"抽烟的人先是愕然，后狂喜，饿狼似的扑向装烟的包，拿出后一支一支地平均分，连多出来的两支也要折断分成三份，点上猛吸一口，好像从地狱到了天堂……

镜子在说话

1

最早的镜子出现在公元前 6000 年，材料来自大自然———石头。但我以为，人类最早使用的镜子，应该是水做的：虽然站在岸边只是看到挺拔的自己，但是如果站在水里，俯下身可以把自己看清楚。当然，为了看清自己，方法还是很多的，比如找一个 U 型的岸边，以俯卧撑方式看。如果因为自己太难看了，觉得不爽，往水里丢块石头，荡漾的水面让心情也能荡漾一小会儿。"所谓伊人，在水一方"，就是古代美人在自我欣赏而已。

人日常照镜子，是为了看自己。我家舟儿平时不肯洗头，需要再三催促，才心不甘情不愿地去洗。像舟儿这样的孩子，对镜子就不在意了。但是，在意镜子的人比不照镜子的人多得多了，有需要才有市场，推动镜子从铜镜、锡汞合金镜，发展到镀金银玻璃镜。

我还是熊孩子的时候，玩过两面镜子，一面是圆镜，一面是破镜。圆镜精美，背面是一副古代仕女画，两边挂架，方便挂在钉子或架在桌子上使用。破镜缺口不是一个，而是多个，但我从来没有被割破手指。我是玩镜子，不是照镜子，总想研究研究人躲在镜子的哪个角落里，为此，我把圆镜的挂架拆下，用螺丝刀将箍住镜子和仕女图的圆箍打开，发现里面就是一面镜子。于是想方设法把镜子后面所涂抹的东西挖开看看，都没有找到那个小小的人。

师范学校培养教师，正衣冠是题中应有之义，所以在教学楼转角处安装大镜子，让未来的老师们上下楼梯时，随时可以照镜子。长得帅和漂亮的，穿新衣服的，喜欢在镜子面前逗留一下，亮亮相。而我，则是秒过，内心世界在镜子外折射。这种自觉，往往可以避免"撒泡尿照照镜子"之类的痛，让阿Q在心里生根发芽。

现代城市是镜子当家，有个幽默视频，讲某个妙龄女对着一辆轿车玻璃龇牙咧嘴，正沉醉于自己的脸部世界时，玻璃摇下露出车里一个男人的脸，该女惊骇之余尴尬得落荒而逃。出于各种原因，汽车上装了很多镜子：左、右和室内后视镜，驾驶席和副驾驶席遮阳板上的化妆镜。有个嘲笑女驾驶员的视频：时髦女士开着车，双手放开方向盘，反而对着汽车化妆镜画口红，让坐车的人胆战心惊的。如果真出了事情，镜子要背黑锅吗？解除这种警报，只有无人驾驶汽车了。有一天在公交车上看到一个人对着手机在化妆，原来手机前置镜头也可以作为镜子使用。镜子，时刻在讲述人类的样子。

2

我当小学老师十几年，教过除音乐和英语之外的所有课程，虽然体育课不多，但梦里出现的片断总是在和小朋友一起做广播体操。那时，我是一个镜中人。

学生分男女一排排站在我前面。想让学生们伸出右手，我的示范必须是伸出左手；想让学生们的头部呈顺时针方向动，我的头反方向摇动。我和学生们之间有一道镜子，我则是镜中人。当我们和正常相反的时候，不单单感觉别扭。

小学低年级学生玩镜子游戏，一个人本色表演为人，另一个模仿动作成为镜子里的人。人笑，镜子里的人也笑；人哭，镜子里的人也哭；人退后一步，镜子里的人也退后一步。习惯和本性埋藏了起来，只要做机械性动作就可以，爱动的小学生难以做镜中人，但手忙脚乱的动作能带来娱乐效果。联欢晚会上的镜子游戏：人左手打右手，镜子里的人右手打左手；人左眼眨眨，镜子里的人右眼眨眨。成年人不怕这游戏，随着年纪增大，面具戴多了，本能逐渐衰退。

游戏其实是人们对镜中世界的深入，亦是在追寻"我是谁"。单单是"镜中人"这一话题，迈克尔·杰克逊出过原唱歌曲，新加坡拍过电视连续剧，美国科幻小说也以此为名，其他歌曲、话剧更是不计其数。搞不清"我是谁"，便去想象了，西方很多涉及外星人的科幻电影里，地球和外星之间的通道就是一块镜子。而镜子的世界，只有镜子知道。

3

西方历史上最有名的一面镜子，就是魔镜，出自白雪公主童话故事：白雪公主的女巫继母经常对着镜子问："魔镜魔镜，谁是世界上最美丽的女人？"魔镜总是回答："全世界最美的女人就是你，王后。"可是有一天，当王后再问魔镜同样的问题时，魔镜却回答说："现在白雪公主比你美丽。"这面魔镜养活了无数编剧，拍摄了大量电影和电视剧。世界上第一部彩色动画片，题目就是《白雪公主和七个小矮人》。恶毒王后永远是最佳反面，魔镜是有原则的工具。因为是工具，所以不会说谎话，好像现在的核武器，掌握在谁的手里才是最关键。

在中国历史上，最有名的镜子，我认为是照妖镜。顾名思义，照妖镜是能照出妖魔鬼怪原形的宝镜，在《西游记》和《红楼梦》中有不少描写。《西游记》第六回：李天王闻言，又把照妖镜四方一照，呵呵地笑道："真君，快去！快去！那猴使了个隐身法，走出营围，往你那灌江口去也。"

一个从韩国整容回来的女子，站在魔镜面前，问魔镜："魔镜魔镜，我美丽吗？"魔镜这时候应该怎么回答？说美丽吧，违背了自然规律，不符合说实话的原则；说不美丽吧，与镜子里映照出的样子不对。可怜的魔镜，只好把照妖镜请过来，照了之后，现出原形，再说不美丽。只是不知道，照妖镜用的是什么能源，又如何计算报酬。

小时候，我们家房子重新修整，印象最深的是在窗户上方镶嵌有一面圆镜。我不是个好问的孩子，只知道很多人家的大门、窗户上有镜子，后来才知道这是一种风俗，此镜也叫照妖镜，让妖魔鬼怪躲避，住户逢凶化吉。我们的语言博大精深，照妖镜后来被比喻借以看穿阴谋诡计的事物。

那些神果

每天上下班必经的路口有家水果店，几个穿统一服装的年轻工作人员把各种水果摆放得整整齐齐，甚是赏心悦目，看了一眼，觉得自己吃过似的。

这段时间，正引导舟儿读《西游记》，他经常会跑过来和我说孙悟空猪八戒怎么怎么了。他说，《西游记》里有两种著名的水果，一为蟠桃，二是人参果。

《西游记》第五回《乱蟠桃大圣偷丹 反天宫诸神捉怪》："夭夭灼灼花盈树，颗颗株株果压枝。果压枝头垂锦弹，花盈树上簇胭脂。时开时结千年熟，无夏无冬万载迟。不是玄都凡俗种，瑶池王母自栽培。"这形容蟠桃的诗句美得让人流口水。到处充当地陪角色的土地说蟠桃："有三千六百株。前面一千二百株，花微果小，三千年一熟，人吃了成仙了道，体健身轻。中间一千二百株，层花甘实，六千年一熟，人吃了霞举飞升，长生不老。后面一千二百株，紫纹细核，九千年一熟，人吃了与天地齐寿，日月同庚。"乖乖，不得了啊，这蟠桃如果能化验出成分，通过技术手段合成，不知道是成为世人的福气，还是噩梦？

但是，吃蟠桃并不容易，不是我们平常吃桃子那样一口一口咬的。每年开蟠桃会的时候，各种不同效用的蟠桃才一百个，而与会的各路神仙至少上千，难道你咬一口我咬一口？《西游记》第七回提到一个词语"玉液蟠桃"，原来神仙们在蟠桃会上吃的其实是由大中小三种蟠桃组成的蟠桃汤或者说是蟠桃汁。而这配方，掌握在玉帝和王母手里，他们就是靠这个控制大批神仙，因为神仙们需要"躲三灾"的，没有这个蟠桃汁，他们连凡人都做不成。

关于人参果，《西游记》第二十四回《万寿山大仙留故友五庄观行者窃人参》载："盖天下四大部洲，惟西牛贺洲五庄观出此，唤名草还丹，又名人参果。三千年一开花，三千年一结果，再三千年才得熟，短头一万年方得吃。似这万年，只结得三十个果子。果子的模样，就如三朝未满的小孩相似，四肢俱全，五官咸备。人若有缘，得那果子闻了一闻，就活三百六十岁；吃一个，就活四万七千年。"孙悟空一碰到问题，就去找土地，那土地道："这果子遇金而落，遇木而枯，遇水而化，遇火而焦，遇土而入。敲时必用金器，方得下来。"我怀疑吴承恩老先生故意把这段话写成这样：只有拿金子来，人参果才会乖乖地下来。有报道为了博眼球，说人类已经研究出延长寿命的药物，只要你坚持再活几年，等药物大规模生产了，就可以长寿了。我想说：想得真美！没有金子，就算人参果在你眼前，你都摘不下来，何况就算倒掉都不降价的超级牛奶。人参果最让人惊艳的是可以改变其周围的空气，闻一闻都能活这么久。历史上那些传说活得很久的彭祖、张三丰、陈俊等人，是不是闻过人参果了？

其实，这两种水果不是吴老先生创造出来的。《山海经》里说："沧海之中，有度朔之山，上有大桃木，其蟠屈三千里。"
《太平广记》引《汉武内传》载：七月七日，西王母降，以仙桃
四颗与帝。帝食辄收其核，王母问帝，帝曰："欲种之。"王母
曰："此桃三千年一生实，中夏地薄，种之不生。"帝乃止。不
知道《西游记》里的王母和这个王母是不是同一个人，这个明显
大方，一年才产出一百个，就拿出四个给汉武帝。可是历史上并
没有记载汉武帝活很久啊，难道他吃的是盗版蟠桃？有一本叫
《述异记》的书说："大食王国，在西海中。有一方石，石上多
树，干赤叶青，枝上总生小儿，长六七寸，见人皆笑，动其手
足，头著树枝。使摘一枝，小儿便死。"这描述起来让人毛骨悚
然，还是五庄观的人参果符合我的胃口。

第三辑

孤单的斑马线

青灯有味

办公桌上有四堆书，左边三堆，右边一堆，让我也成为其中的一个字。而最高的那一堆，和坐着的我一样高。这堆书其中有两本书，一是《人间有味》，一是《草木春秋》。它们的作者，都是一个曾经的老头，名叫汪曾祺。

温州作家程绍国在《东海珍馐记》一文里引林斤澜的话说花蛤："扬名海内外的美食家汪曾祺，食量随年而日减。任凭山珍海味，也不过一二筷子。唯对此物剥一食一。连剥连食，积壳成丘，方抽空攒曰：'天下只有这位，不加任何佐料就是美食。'"在这段话里，花蛤活了，是被汪曾祺吃活的。有句话说："治大国若烹小鲜。"对于汪曾祺来说，烹小鲜就是写文章，而写文章，也是烹小鲜。汪曾祺除了作家、书画家等名头外，还有个"美食家"的头衔。有个著名的段子，出自汪曾祺的《吃食与文学》，说去菜场逛，一女人买了牛肉问摊贩牛肉怎么烧。于是，汪曾祺给人家讲解了一通牛肉的做法，从清炖、红烧、咖喱牛肉，直讲到广东的蚝油炒牛肉、四川的水煮牛肉和干煸牛肉丝。"一位台湾作家访问汪曾祺，汪曾祺为其做了道扬州菜——大煮干丝。那位客人最后不仅吃完了干丝，连汤汁也喝得精光。"生活有味，也渗透在汪曾祺的文章里。

《人间有味》一书有四辑，辑一名为"四方好食"，有10篇散文；辑二名为"至味在人间"，有11篇散文。这两辑文章，都是写吃的，占了全书的一半。《草木春秋》里，也收录了《故乡的食物》《五味》《萝卜》《手把羊肉》《贴秋膘》等写吃的文章，其中在《故乡的食物》里，还包括收录到中学课本的《端午的鸭蛋》。汪曾祺女儿汪朝在《草木春秋》后记里说汪曾祺的散文集多了，编来编去有一些文章总在里面，很难跳出"一碟子腌白菜"。我手头这两本书也一样，重复了很多文章，却也都是写吃的，好得有分量，所以没放弃。

汪曾祺的美食文章，有"一纵二横"。

"一纵"，是所体现的时间跨度，最早的文章是写他小时候的事情和美食，如《故乡的食物》，把炒米、焦屑、端午的鸭蛋等各种食物描绘了出来。《昆明的吃食》一文里，写的是早年在西南联大读书时所吃的过桥米线、汽锅鸡、米线饵块及一些点心和小吃。在《吃食与文学》里出现"昨天晚上，家里吃白兰瓜""前天有两个同乡因事到北京"，直接就是20世纪80年代年代了。如此算来，时间跨度达到五六十年了。

第一个"横"，指美食的覆盖面，天上飞的、地上爬的和水里游的，素菜和荤菜，主食和小吃，甜的、酸的和辣的，香的和鱼腥味的，不一而足，统统都有。

第二个"横"，指美食的地理性，如《人间有味》里第一篇就是《昆明的美食》。江曾祺的故乡是江苏高邮，除了写故乡，连着把淮安、镇江、苏州、上海、杭州、绍兴、宁波、金华的美食都写了个遍。《五味》里写山西人"真能吃醋""爱吃酸菜"，辽宁人、北京人、福建人的"酸"也带了进去。每每读完这些，我想着将来要是到了这些地方，都要去吃吃，或者后悔自己怎么去了那些地方没吃到。

"1941 年，沈从文给施蛰存写信，谈及昆明的一些人事，其中说道：'新作家联大方面出了不少，很有几个好的。有个汪曾祺，将来必有大成就。'" 沈从文说中了，但是汪曾祺真正的创作，是改革开放后，也就是从六十岁左右开始的。《人间有味》注明了里头散文发表的时间和刊物名称，有《随笔》《武汉晚报》《文汇报》《中国作家》《雨花》《北京文学》等等，可见当年受欢迎的程度。

在《人间有味》一书里，插有多副汪曾祺的画，和书里的精彩句子配起来，让人沉入其中。小说需要时间阅读，散文内涵不深缺余味，诗歌不细读往往无法把握，但是画就不一样了，其意境能马上抓住读者的眼球，并且引起共鸣。若无法共鸣呢？过眼即可。我最喜欢那幅画螃蟹的画，也喜欢这段文字："我以为醉蟹是天下第一美味。家乡人贻我醉蟹一小坛。有天津客人来，特地为他剁了几只。他吃了一小块，问：'是生的？'就不敢再吃了。"

除了前两辑是写吃的，《人间有味》辑三是"吾家小史"，辑四是"那时巷情"，前者回忆了他的家乡、祖父祖母、父亲、母亲等，后者则五花八门，各类都有。其中有篇文章题目是《多年父子成兄弟》，说他父亲是一个心细如发的男人，母亲死后，父亲按母亲的喜好给母亲做了几箱子冥衣，单夹皮棉，四时不缺。也说父亲随和，父子关系不错。但是有人挖出汪曾祺的经历，说他年轻时落魄了，都想到要自杀了，他父亲并没有帮忙。这篇文章发表在 1990 年，这年，汪曾祺七十岁了，这时候，他还有什么看不开的？汪曾祺七十三岁生日写下联语："往事回思如细雨，旧书重读似春潮。白发无情侵老境，青灯有味忆儿时。" 汪曾祺的一生丰富，到了晚年，这一切，不过是一盏"青灯"而已。

冲突中的《月亮与六便士》

时隔二十年，人到中年了，我又一次认真阅读了《月亮与六便士》，其苦其涩一直在心尖游荡。

我手头这本《月亮与六便士》是浙江文艺出版社 2017 年 1 月出版，徐淳刚翻译。小说讲伦敦生活体面，有个十六岁儿子和十四岁女儿，有与社会名流打成一片的太太的股票经济人斯特里克兰，突然离开了。其太太以为他是跟某个女人跑了，哪知道去巴黎是为了绘画。之前，斯特里克兰充其量只是个绘画爱好者而已，没有任何绘画天分和基础。在巴黎，他的心里只有绘画，不进行其他任何谋生行为，生活没有了来源，遭遇饥饿和疾病。小说里，蹩脚的画家斯特洛夫问他是不是两天没吃没喝了，躺在床上快要死的斯特里克兰说自己有水。深信斯特里克兰将来是个伟大画家的斯特洛夫，将其带回家照顾救其命，结果他的妻子布兰奇因爱上了斯特里克兰而惨死。而后斯特里克兰离开巴黎到处流浪，人生的最后一站到了塔希提岛，和一个叫阿塔的土著女人结婚。在这个与世隔绝的地方，他不断地画画，却不幸得了麻风病，去世之前眼睛瞎了，最后全身溃烂而死。阿塔将他的巨型壁画，连着住过的房屋一起泼煤油烧了。斯特里克兰死后，其作品升到了天价。

《月亮与六便士》一书的主人公斯特里克兰是有原型的，即与凡·高、塞尚并称为后印象派三大巨匠之一，法国后印象派画家、雕塑家保罗·高更，主要作品有《我们从哪里来？我们是什么？我们到哪里去？》《黄色的基督》《游魂》《敬神节》等。在这本《月亮与六便士》的前面，印有七幅高更的画作，有作于1896年的《自画像：邻近受难地》、作于1884年的《穿着晚礼服的高更夫人》、作于1892年的《你何时结婚》、作于1891年的《我们朝拜玛利亚》等。1871年，高更成为贝尔丹证券交易所的经纪人。1883年1月，他事先未曾与妻子商量，毅然辞去贝尔丹证券交易所的职务，以便能"整天绘画了"。1892年，高更首次在塔希提逗留，不顾物质的贫困与精神的孤独，终年紧张工作，从事绘画与雕塑，身体健康状况很差。1895年3月，他告别法兰西，启程再赴塔希提，再也没有回来。小说里斯特里克兰临死之前所创作的那幅壁画，是高更1887年在塔希提创作的巨作《我们从哪里来？我们是谁？我们到哪里去？》。高更说："这里有多少我在种种可怕的环境中所体验过的悲伤之情。"这画就这样被作者借来安排主人公的最后结局。译者在《译后记》里说："双目失明、即将死去的斯特里克兰嘱咐妻子烧掉他画在墙壁上的巨作，那是他在得知自己得了麻风病活不了多久之后，倾毕生之力的绝笔之作。他对尘世的理解，对精神世界的不懈探索，全部都在这幅画里。"

尽管两者很相似，但实际上完全不同，高更在离家后还和妻子通信，也不是因为麻风病而死。毛姆的杜撰比事实要多得多，高更举行作品拍卖会，举办画展，最终享受到了成功的果实。有评论说："对比小说与现实可以发现，高更对绘画的追求有其因果关系和过程发展，而斯特里克兰的出走则非常突兀和过于激烈，再加上作者利用虚构的情节和叙事手段上的技巧，就塑造了一位不通人情世故和不食人间烟火的所谓纯粹意义上的艺术家。比起高更的出走，主人公斯特里克兰德的出走完全不符合现实的逻辑，对于读者来说更是不可理解。"毛姆是英国小说家、剧作家，活了九十几岁，写了一辈子的小说，代表作有戏剧《圈子》，长篇小说《人生的枷锁》《月亮和六便士》，短篇小说集《叶的震颤》《阿金》，其中《月亮和六便士》是力作。毛姆和鲁迅一样，都是弃医从文，甚至还当过间谍，一生经历富有传奇色彩，创作手段丰富，自然是不可能照搬高更的生活经历。同时，这样的"突兀"，主人公这样的结局，更能引起读者的兴趣，也满足了毛姆的创作欲望。

便士是当时英国货币的最小单位，相当于人民币中的一分钱。我国的很多文艺作品也表达过"一分钱"，最著名的就是那首歌曲了。或许有很多人心里在纳闷：《月亮与六便士》一书里没有出现任何"月亮"和"六便士"的说法，书名是怎么来的？这也有个典故。1915 年，毛姆的一长篇小说发表，英国《泰晤士文学增刊》发表了一篇评论，说该小说的主人公和许多年轻人一样，为天上的月亮神魂颠倒，对脚下的六便士视而不见。毛姆很喜欢这个说法，于是拿来做了题目。月亮在天上，是理想；六便士在脚下，是现实。月亮的美是艺术的美，六便士是生活的需要。月亮是自然的，六便士是社会的。月亮和六便士虽然不对立，却也是两个努力的方向。

　　人到中年，按照老话说，是"上有老，下有小"，银行贷款、父母医疗、孩子生活需要等等"六便士"的现实无时无刻不在身边转悠。而骨子里，总有个爱好，文学、摄影、绘画、音乐等，乒乓球、羽毛球、足球等，就是在天上挂着的月亮。《月亮和六便士》里，毛姆表面上描写了主人公的命运和遭遇，实际上表现了他对艺术与生活关系的思考。艺术是具有极大的自主性独立性的东西，变换不同的叙述角度，就会得到不同的结局，现实生活是真实丑陋残酷无情的，但是毛姆把两者都摆平了，他在写这个小说的时候，心里就有了答案。毛姆晚年享有很高的声誉，英国牛津大学和法国图鲁兹大学分别授予他颇为显赫的"荣誉团骑士"称号，英国女王授予"荣誉侍从"的称号……

奇书《恋人絮语》

　　《少年维特的烦恼》是德国作家歌德创作的中篇小说，经典文学作品中的经典。在虚拟人物排行榜上，维特无疑占据重要位置，西方很多青年甚至"穿上维特式的蓝色燕尾服和黄色背心，讲着维特式的话，模仿维特的一举一动"。在我国，很多中学生了解并且阅读过此书，流传广泛。1975 年 1 月，被认为是萨特之后法国知识界领袖人物的罗兰·巴特在巴黎高等师范学院开了个讨论班，选择《少年维特的烦恼》为讨论对象，形成他最重要的著作《恋人絮语》。

　　罗兰·巴特被标签为著名学者和思想家，《恋人絮语》一书的上架建议是哲学。偏偏是这样一本书，竟然成了畅销书，甚至被搬上了舞台，很多人称此书为无法用传统体裁定性的奇书，无人能够模仿成功。除了少年时因无书可读把一本《射雕英雄传》翻烂了，我从来没有如此着迷一本书，正如该书第一个章节："我沉醉了，我屈服了。"哲学对我来说很遥远，我只把《恋人絮语》当作一本散文集来看，随性而读。每每夜深人静，触摸"相思""可怜相""切肤之痛"，文本和文本以外的红线连成一个小世界，好像窥视恋人的内心深处。阅读几次后，我以诗歌的形式解读，写就几十首，后来发给哲学硕士毕业的诗歌编辑，他说："《恋人絮语》本是对文学作品的解读，且深到底，用诗歌对解读进行解读，既缺深度又难以摆正诗歌位置。"深以为然，遂放弃。

《恋人絮语》目录无序号，却有80个标题，相互之间毫无关联。本书译者说："全书的诸般情境是按字母顺序排列的。"这个字母，不是拼音，大概是法语吧。罗兰·巴特号称解构主义大师，贯穿本书的无序和无定向性是他向终极挑战的一种尝试。当然，他成功了，一本奇书成了下酒菜，各取所需。

爱情这锅菜是文学作品永恒的主题，酸甜苦辣一一入味。罗兰·巴特以这80个标题为节点，织了一张大网，里面套着每个标题下的小网，无论你遭遇了什么，都能在网里找到自己的味道。有人失恋后，通过自残制造肉体的痛苦，从而麻痹受伤的心。恋爱时期，切肤之痛相随，于是作者专门开了章节诠释"切肤之痛"，说恋人经不起最轻微的伤害，开不得玩笑。他人即地狱，除了感情因素，谈恋爱是相互了解相互试探，如惊弓之鸟，任何意外都可能化为刺猬。明明相爱，被二十张床垫和二十床鸭绒被下的豌豆硌着就闹分手，日夜相思再和好。如此反复，有的经历日后成为甜蜜的话题，有的经历成了痛点和仇恨原点。我对《可怜相》这个章节最感兴趣，表白之外，装出一副叫可怜相也是修炼方法之一，有时候厚着脸皮贴上去，有时候进行感情讹诈，让磨合运营顺利、彻底。

有网站列出《恋人絮语》里的13个句子称为经典，如"眼泪的存在是为了证明悲伤不是一场幻觉"。"我爱你是以悲剧形式肯定人生。"其实，该书处处是经典，连标点符号都意味深长，无论翻开哪一页，总有句子戳中你心底最隐秘部分。如果失恋了，读点《恋人絮语》寻求安慰；热恋中，来吸取经验。其实这种行为都是徒劳的，因为本就理性的罗兰·巴特解读感性的世界，也是板着脸引经据典来剖析的，没有一个词语带着色彩。

史铁生的铁

读师范时，学校里几位老师编了一本有关当代文学的小册子，并且利用业余时间为我们普及文学知识。其中有一次，一位老师一脸严肃悲伤地专门讲解史铁生和史铁生的作品《命若琴弦》。那是我第一次知道有史铁生这样一位作家，但是经历的缺乏让我无法对《命若琴弦》产生共鸣。

命运注定史铁生是受人关注的作家。20 岁那年，史铁生在山里放牛，遭遇暴雨和冰雹，无处可躲。雨停了，大病一场，一年后下肢彻底瘫痪，从 80 米跨栏冠军变成了一个轮椅上的人。1980 年，史铁生又得了肾病，连正常排尿都是问题，从此一生只能插着尿管，随身带着尿壶。后来，他肾病越发严重，最后恶化为尿毒症，一个星期有三天都在医院透析。他说他的职业是生病，业余是写作。作家戴立民在《地坛与合欢树的记忆》里说：“做完透析后他十分饥饿，饿到必须立即吃东西的地步。2004 年春天，在上海，在王安忆老师的指挥下，我所做的事情就是推着他的轮椅飞奔到宾馆吃东西……”“为了方便透析，他在胳膊深处直通血管埋了一根管子。他曾让我伏在上面听一听，我被震撼了，血流涌动的声音完全就是长江大河奔腾而下的声音！"

人总是需要经历些什么，才会拥有某种心境。虽然我前些年受到重大挫折，夜不能寐，但是远远不能和史铁生的遭遇相比，所以，无法感受他的作品。进入 21 世纪以后，史铁生出版了《务虚笔记》《我的丁一之旅》《病隙碎笔》。这三本书是他对人生和命运的思考，他这干净的、纯粹的思考，为喧嚣的世界开辟了另一个空间。我都一一买了，也一一读了，但是，我只是把文字读了一遍，却依然无法真正地进入他的内心世界。

在整理家里旧书的时候，发现除了上面几本书外，还有一本十几年前从温州书城买来的史铁生的散文集《以前的事》。我把这些书拿出来，放在了一边，都重读了一次。读完后，我又找来《我的地坛》和《命若琴弦》读了。那年去北京，北京的文友劝我去看看史铁生的地坛。而我没有去，连一点念头也没有，因为地坛是史铁生的，我不想去打开史铁生带给我的一方纯净的空间。

在史铁生所有的作品里，我最在意《命若琴弦》。

"莽莽苍苍的群山之中走着两个瞎子，一老一小，一前一后，两顶发了黑的草帽起伏蹒动，匆匆忙忙，像是随着一条不安静的河水在漂流。无所谓从哪儿来，也无所谓到哪儿去，每人带一把三弦琴，说书为生。"《命若琴弦》这个简单的开头，一下子把人带入思考，尤其是这句"无所谓从哪儿来，也无所谓到哪儿去"。

《命若琴弦》是讲一个老瞎子和一个小瞎子的故事，其实是三代瞎子说书人的宿命，把残酷的命运展现得淋漓尽致。一把三弦琴里有一个关于弹断琴弦能够得到眼睛复明的药方，第一代瞎子说书人接到手，说要弹断 800 根，等他发现药方是一张白纸后，对第二代瞎子说书人说要弹断 1000 根才行。而第二代的就对第三代的说要弹断 1200 根，一直延续下去，或许还有第四、第五代。

生命是不断重复的过程。《命若琴弦》里，一代一代说书人弹着三弦琴说书，弹断一根一根琴弦，要么踩着上辈的脚印，要么踩着自己的脚印，都在重复着一段记忆。让人最悲伤的最直接感受的重复，是小瞎子重演了老瞎子曾经的伤痛：他们的爱情都只是昙花一现，小瞎子喜欢的兰秀儿最后嫁给了别人。最让人绝望的重复，是弹断了目标数目的琴弦，却陷入了巨大的失望。小说的构思，是建立在生命循环的密码上。如果我们仔细想一想，难道不是都在重复吗？重复收获，重复错误，重复死亡。

我一直在思考，为什么史铁生给这篇小说取了这么一个题目？在小说里，琴弦是被一而再地弹断，是不是命也如此？老瞎子的师傅告诉老瞎子："咱这命就在这几根琴弦上。"反过来思考，琴弦又灿烂了他们的生命，给他们以支撑。

小说结尾说："莽莽苍苍的群山之中走着两个瞎子，一老一小，一前一后，两顶发了黑的草帽起伏颠动，匆匆忙忙，像是随着一条不安静的河水在漂流。无所谓从哪儿来、到哪儿去，也无所谓谁是谁……" 和开头正好形成对应。但是，我不确定这两个瞎子，是不是小说开头提到的那两个瞎子。

《命若琴弦》的意指比较明确，稍微有点人生阅历，都能大体上理解。其实，史铁生的每个作品，都是他对命运强加给他的痛苦的回应。我们都知道，小说里所有的痛苦叠加起来，也没有他所承受的多。

但是，在微信平台上，他的人生被做成一个个励志故事广泛阅读，《人生若觉很悲丧，只因未读史铁生》之类煽情的图文很多，但是鲜少提到他的文学成就，对读者而言，这是不是又一个痛？

《一代人》的记忆

因为要编辑文学作品，和一个平时不大接触文学的同事聊天时聊到了诗歌，他说："80 年代的那些诗歌才叫诗歌，现在你们所写的诗歌，读起来拗口，算是诗歌吗？"并随口背出顾城的《一代人》《弧线》。

我惊讶于同事对诗歌的了解，亦打开了我的记忆。

1993 年，隐居新西兰激流岛的顾城杀妻后自杀，引起全国人民关注。我那时候在一小城读师范，之前根本不知道有顾城这么一个人，也从来没有读过他的诗歌。顾城的杀妻自杀引起巨大的伦理风暴，进而让很多人读到了他的诗歌，我就是其中之一。虽然不能理解他的生活，但不妨碍我喜欢那些短小、灵巧的作品。

在顾城的诗歌里，我最喜欢《一代人》，其次是《远和近》。

黑夜给了我黑色的眼睛，

我却用它寻找光明。

《一代人》全诗只有两句，十八个字，一个逗号，一个句号，比有些唐诗还短，而且诗中出现的意境都是日常生活中极为常见的现象：黑夜、眼睛、光明，可说非常简单。

此诗作于 1979 年 4 月，最早发表在《星星》1980 年第 3 期上，后收录于诗集《黑眼睛》。我喜欢《一代人》，原因有三，一是此诗短，才两行，很容易记住；二是读起来琅琅上口，很有感觉，非常顺；三是传说顾城有个习惯，经常躺在床上思考，有灵感了，拿起放在床边的笔就在墙壁上写下来，据说此诗就是这么来的。我有时候在想，是不是顾城正在黑夜里瞪大眼睛，突然想到"黑夜"而摸黑写的？

我一向认为对诗歌的理解是个体最大的享受，和他人完全无关，这在对顾城诗歌的解读上体现得最深。北岛称顾城为"孩子"，舒婷称顾城为"弟弟"，芒克称顾城为"战友"，杨炼称顾城为"伙伴"，从称呼上，可看出每个人对顾城和他诗歌的不同看法。或许是我出生"黑夜"之后，或许是我远离"黑夜"的漩涡点，对"抒发了一代人的心声，也寄托了一代人的理想与志向——历经'黑夜'后对'光明'的顽强的渴望与执着的追求"。这样的解读理解得很浅薄，我的眼睛只看到"黑夜"和"光明"之间的视差。而作者深邃的"眼睛"，和我的心灵还有很大的距离，况且，顾城到最后也没有寻找到自己的光明。其实，我一直觉得顾城是在黑夜里旋转，只不过是从这个黑夜到另外一个黑夜，最终也没有走出。当然，这一点也不影响我对此诗的喜欢。

或许是年少轻狂，那时候的我，走到哪里，都把《一代人》挂在嘴边。大概是 1995 年上半年，我读三年级，而当时比我低一个年级的某个班级团支书很能干，编辑了一本班级文稿，让我这个爱吹牛的家伙给写个序言。在序言的最后，我引用《一代人》的诗句说"和同学们共勉"。结果我把"勉"字写成了"挽"，意思完全不同了。因此，我把此事记在心上，把"勉"和"挽"记住了，也把《一代人》打印在心上，直到我的路进入"黑夜"，才慢慢淡化。

著名诗人杨炼的妻子、作家友友在接受 BBC 中文网记者采访时说，顾城的诗直到今天还有相当大的影响力，现在还在许多不同的中国媒体上看到顾城的诗。其实，二十几年来，我们时不时地也会在各类媒体上读到关于顾城的文章，他"从未休止地被争议、被传言、被评价、被猜测，众说纷纭"。新诗不死，"顾城"不停，《一代人》亦一代一代地寻找光明。

直面终极问题的《人类简史》

近年来，世界各地出现了一批出色的，四十多岁的知识分子，如出生于 1975 年的澳大利亚小说家马克斯·苏萨克，所写的书已经风靡全世界，我最喜欢他的《偷书贼》；以色列学者尤瓦尔·赫拉利，1976 年生，牛津大学历史学博士，现为耶路撒冷希伯来大学历史系教授，全球瞩目的新锐历史学家，所写的《人类简史》在 2012 年以希伯来文出版，然后很快被翻译成近 30 种文字，不仅为全球学术界所瞩目，而且引起了一般公众的广泛兴趣。而我，正是这一般公众中的一员。

我一直以为，历史学家应该是板着脸，写起文章来不带一丝情感的，但是尤瓦尔·赫拉利完全颠覆了我的观念。作为历史书，作者应该告诉我们事情"如何"发生，但尤瓦尔·赫拉利是以严丝合缝的逻辑告诉你历史"为何"如此。北京大学历史系教授高毅在该书推荐序里说："而书中屡屡提及中国的相关史实，也能让人感到一种说不出来的亲切，好像自己也融入其中，读来欲罢不能。"后来才知道"是作者特地为中国读者'量身定做'的。他给各国的版本也都下过同样的功夫——作者的功夫之深，由此可见一斑"。圆滑如此，做历史学问，是应该和别人不一样。

在读此书过程中，我感觉作者好像隐身在地球的上空，从远古开始观察。在直播间把历史当作一具尸体研究来研究去，还一边解剖，一边解说，语言风趣，能吸引人，收视率高。有人说该书是畅销书，主要讲人类这个物种（即智人）的历史，用自己的想法解释，不是学术著作，而是表达个人的历史观。其实，是不是学术著作，对我来说，都一样，只要能读得下去。让著作成为畅销书，本身就是一种能力的体现。

《人类简史》一书分四个部分，分别是"认知革命""农业革命""人类的融合统一""科学革命"。作者从200万年前的东非人类类似物开始讲起，从人类如何进化到食物链顶端，讨论到人类社会的构建，以及帝国的形成、殖民，到现代社会的科学革命，到最后的"智人末日"，把这200万年浓缩在一本书里，像一部虚构的故事，穿插了大量对宗教、哲学、金融的解读。这些解读，有些或许是作者的主观臆想，但你不得不承认他是有道理的，甚至戳中某些人的痛点。

尤瓦尔·赫拉利对技术发展很是不爽，他说，人工智能取代了那些简单技能的工作岗位以后，人类当中会出现一个庞大的、无用的无产阶级。所以，北京开始清理无用的低端人口，关掉一个又一个低端市场。"未来，人类可能会分化为两个主要的等级：一个全新的更先进的精英阶级，很聪明，很富有，有更好的基因和更长的寿命；还有一个全新的一无用处的无产阶级，他们将越来越穷地等待死亡，可能变成没有工作、没有目标、整日靠吸毒度日、戴着VR头盔消磨时光的乌合之众。"读书读到此处，不寒而栗。

地球上，动植物物种在慢慢减少，到最后，只剩下人类独自生存？这可能吗？《人类简史》一书最惊人的一个观点，是对人类的前途相当悲观，认为人类可能即将灭绝。在全书最后一个题为《智人末日》的章节里，作者感叹道，人类社会存在了七万年，真正的大发展只是最近两三百年。但是，再过一千年，人类是否还会存在，已经很可疑了。其实，很多人意识到这个问题了，也开始思考到类似的问题，如科幻小说《三体》的结局，也是地球人如待宰的羔羊般等待外星人的来临。物理学家霍金的悲观配上他的样子，更让人绝望。但是，更多的人在逃避，在侥幸……

谁的眼泪在飞

　　亲情是一道弯弯的水，流入你的心田，流入我的心田。亲情是一抹遥远的希望，使我坚强，使你坚强，使我们宽容。这是我读杨绛（总觉得直呼其名有不敬之意，还是叫杨先生吧）的《我们仨》的最真切的感受。

　　生于1911年的杨先生对我来说，是奶奶辈的人物。用现代人三年一代沟的说法，不知道是代了多少沟了。但是，我一看到这本作者伴着眼泪写完的《我们仨》时，毫不犹豫地买了。抛开互联网，告别夜生活，我静静地用两个夜晚的时间读完了这本书。

　　《我们仨》这个题目，本来是杨先生要写的。1996年底，病中的钱瑗知道母亲要写《我们仨》后，要求先让她写几篇。当时重病在床的钱瑗只能在别人的帮助下艰难地写作，完成5篇后在母亲的劝说下才停止。1997年3月，钱瑗带着未了的心愿离开人世。第二年，钱锺书先生也去世了。短短一年多时间里，杨先生先后失去两个至亲，一家人计划好的《我们仨》暂时搁浅。直到去年，她才有勇气重新审视和回忆一家三口所经历过的岁月，完成这本书。同时，钱瑗写的几篇也都作为附件附在书的后面。

读这本书，有时候觉得是钱瑗在写，有时候觉得是杨先生在写。读到深处，已经分辨不出他们一家三口谁是谁了。"阿瑗长大了，会照顾我，像姐姐；会陪我，像妹妹；会管我，像妈妈。""阿瑗常说：'我和爸爸最哥们，我们是妈妈的两个顽童，爸爸还不配做我的哥哥，只配做弟弟。'我又变为最大的。""我们仨，却不止三人。每个人摇身一变，可变成好几个人。"亲情到深处，家里人的角色都分不清楚了。谁最大？谁最小？不是钱锺书最大，不是钱瑗最小。也许，只有亲情最大，人最小。

杨先生总是用平静的语气叙述她的故事，《干校六记》《洗澡》这样，《我们仨》也如此。在温婉平实的文字中，蕴涵着深邃和厚重；所写的都是日常的枝节，却处处显出浓郁的人情味，及真正的知识分子所特有的那股朗朗清气。"一九九七年早春，阿瑗去世。一九九八年岁末，锺书去世。我们三人就此失散了。就这么轻易地失散了。"一场生别死离，在杨先生的笔下，就用一个简单的词语"失散"来了结了。但是，这个"失散"却把老人的心完全摆在了我们的面前。杨先生一个人写他们三个人，思念的是这份难以言表的亲情。杨先生生钱瑗住院的时候，钱锺书常"做坏事"：打翻墨水瓶染了房东家的桌布，砸了台灯，弄坏门轴。但杨先生说一声"不要紧，我会修"，钱锺书便放下了心。在家里，杨先生是母亲，是妻子，是整个家庭的主心骨。杨先生就是用她的宽容、坚强，把"我们仨"的亲情故事演绎下来。书后录有钱瑗的几幅铅笔素描，展现了钱锺书在女儿眼中的凡人面貌：有一幅画钱锺书在夏夜赤膊摇扇读书；一幅画他"衣冠端正而未戴牙齿"；更有一幅画他"如厕"，却题为"室内音乐"，令人捧腹。在这幽默、快乐、"不正经"的背后，依稀能看到杨先生的身影。

　　杨先生披露了他们一家的故事，有人认为这有违他们一向对自己家庭生活状况保持低调的"惯例"。对外界、特别是对媒体保持低调，是钱、杨二位大家一贯的做法。曾有媒体试图做《我们仨》的全文连载，被杨先生婉言谢绝，以为"碰上有不喜欢的读者那不是耽误人家时间吗"。杨先生不求别人相信和喜欢，只要共鸣和分享。

崩溃的世界

很早前就了解到《三体》这本书，但是一直没敢读。这十年，我对讨论人性的书有些恐惧，因为越讨论，越绝望。《三体》一书主人公叶文洁因为对人的绝望，引动外星人宇宙舰队向地球进发，基础科学被锁死。而地球人，只能是待宰的羔羊……

《三体》作者刘慈欣本是高级工程师，后来写上了科幻小说，主要作品包括7部长篇小说、9部作品集、16篇中篇小说、18篇短篇小说。2015年8月《三体》获第73届世界科幻大会颁发的雨果奖最佳长篇小说奖，为亚洲首次获奖。

天文学家叶文洁以太阳为天线，向宇宙发出地球文明的第一声啼鸣，向三体人暴露了地球的坐标，彻底改变了人类的命运。纳米科学家汪淼进入神秘的网络游戏《三体》，开始逐步逼近这个世界的真相，并获悉处于困境之中的三体人为了得到一个能够稳定生存的世界决定入侵地球，人类的末日悄然来临。

宇宙深处有没有其他文明世界？我们不知道，但是按照概率来说，不可能没有。其实，我不关心星空，只关注小说本身。小说里"二向箔""碎星""四维碎片""曲率引擎"等科学词语遍布全书，落点恰当，对人物的描写具体又有空间，不愧被称为亚洲第一科幻。

《三体》一书里，有一个有趣的小插曲，一是叶文洁发射出信号后，最先收到的是一个自称和平主义者的警告性回复："不要回答！不要回答！！不要回答！！！"说地球如果回复，将被入侵，将被占领。而叶文洁则是义无反顾地发出信息："到这里来吧！"原来那条警告信息是三体文明一位认为不能失去地球这个"天堂"的监听员发的。或许，作者在表达三体文明也有和平主义者，但是在我看来，这完全是多余的，插在本书里，就像一根刺，让人难受：恶之花开遍满地，谁能看得见一朵小小的荷花。书上说："地球文明的命运，就系于这纤细的两指之上。"这是对地球的绝大讽刺，明明已经被出卖，还假装能靠外人救。

刘慈欣在《三体》里描绘了主角叶文洁，科学家汪淼、丁仪、绍琳，警察大史、军官常伟思、奇人魏成，以及一个无法定位却又很重要的人物白沐霖等等。作者对每个人的性格把握得非常到位，其中我最喜欢的是警察大史。在他人眼里，大史劣迹斑斑，在劫持人质事件中擅自行动致一家三口惨死，用一帮黑道势力去收拾另一帮，搞刑讯逼供使一嫌疑人致残，进了作战中心却遇到信息不对称，为了房贷愁眉苦脸。但是，大史对人性的把握却很独特，当科学家汪淼遇到超出理解的物理问题，大史马上断定这是有人在搞鬼。最后，在全球武装会议上，商量解决地球判军"审判日号"时，军人都束手无策，只有大史提出用粗细约头发的十分之一的纳米"飞刃"切割船体。书末，汪淼、丁仪面对绝望的境地，自暴自弃，大史带他们去见识蝗虫肆虐的景象，使他们领悟到"虫子"的顽强和重获希望。而我最讨厌的人物有两个，一是白沐霖，因为他的幼稚把叶文洁逼上绝路导致她对人类无比憎恨，让地球进入转折点；另一个是叶文洁的母亲绍琳，先是出卖丈夫，后傍上高官，最终还绝情，促使叶文洁招来"三体人。对叶文洁，我们无可指责，不知其苦，不必言善，被无数次伤害后，她对人性的绝望已经到了骨子里。俗话说"君子报仇十年不晚"，叶文洁的报复过程几百年，对象是整个地球和地球人。

当然，作为一部小说，《三体》有很多内容也无法自圆其说，但是，我们如果再深究的话，就有点吹毛求疵了。

最后说一句：星空，其实挺可怕的，但人更可怕。

马悦然是谁

腊月二十八晨，无缘无故咳嗽起来，正月上班前的初六那天痊愈了，整个乙亥年春节放假期间，缺乏出门兴趣。除了去瑞安看岳父母外，其他时间都无聊得读起了书柜里的各类旧书，几乎是一天一本。其中读到了安徽师范大学桑农先生的《爱书者说》，里头有一篇文章题目为《马悦然讲的两则轶事》，第二则轶事和四川的流沙河有关。作者说："我感兴趣的是，马悦然称流沙河为'老朋友'，那口气仿佛两人关系不同一般；流沙河的文章中，似乎没有提到过他与马悦然的交往。"

桑农先生这句话有点打脸的意思。这让我想起钱锺书先生和马悦然先生之间一个流传很久的段子：马悦然去拜访钱锺书，钱锺书一边招待，一边说马悦然跑到中国，称自己为诺贝尔文学奖评委；而在欧洲，则说自己为汉学家。

马悦然出生于1924年，1985年当选为瑞典学院院士，也就是诺贝尔文学奖评选委员会终身委员了，且是唯一的汉学家委员，也曾两度当选欧洲汉学协会主席。马悦然是2000年诺贝尔文学奖得主高行健的瑞典文翻译者，正是因为马悦然既是翻译者又是评委，所以当高行建获奖时，马悦然一度受到强烈质疑和批评。在诺贝尔文学奖颁发的十天前，高行健将他作品瑞典版的出版商，从 Forum 换成了 Atlantis。Atlantis 出版社恰恰是马悦然一位朋友开的，有媒体猜测他这样做会不会是马悦然事先走漏了得奖的结果。后来，两位当事人都否认了，但是种子已经深深地埋了下来。去年，瑞典学院被牵连进一桩丑闻而陷入危机，多名院士辞职离开瑞典学院，发奖百年的诺贝尔文学奖停发了，令人不可思议。这时候的瑞典学院院长，就是马悦然。

这些事情离我很远，但马悦然离我又很近，他的中文散文集《另一种乡愁》又一次被我从书柜里抽了出来。

马悦然谋生的手段，一是在大学里教书，足迹遍及澳大利亚、英国和他的大本营瑞典；二是把中国古代、现代和当代的文学作品翻译成他的母语瑞典文，包括《诗经》《楚辞》，唐诗、宋词、元曲，以及新文化运动以来的诗人郭沫若、闻一多、艾青、臧克家等人的作品。而他自己的作品不多，直接用汉语书写的文章，则更少了。我手头这本《另一种乡愁》由生活·读书·新知三联书店出版于 2004 年，里面还夹有一张一个不认识的人的名片，和三张当年当教师时的教育学分卡。可见我曾经拿着这本书走了很多地方，也读了很久。大概是三联书店的十年版权已到，2015 年，《另一种乡愁》由新星出版社出增订本时，增加了《俳句一百首》。

《另一种乡愁》分 8 辑 50 篇文章，有回忆年轻时到四川考察地方方言的，有写和中国诗人作家交往的，有写妻子和岳父岳母的，甚至有《谈丢东西》《永久的刹那》《谈后悔》《一个特殊的语法形式》，给读者的感觉就一个字——杂。在书的封底扉页上，一行煽情的文字淡淡地印着："从峨眉山古刹中的青年学子到誉满全球的汉学大师，身为瑞典人的马悦然用自己的第二母语———汉语，带领读者穿越不同的时空，领略一种同样植根于中华文化的异国游子的拳拳乡思。"

马悦然当年在四川峨眉山当小和尚当了八个月，看山景，了解佛门生活，然后下山进入知识分子生活圈，看到成都的解放情景，看到各种人的生活。1949 年，中国政权更替之际，他还去过西北，到过塔尔寺，拜见 12 岁的活佛班禅额尔德尼，见过军阀马步芳。中国上上下下的生活，他大体都看了。书里的文章，如果作为了解马悦然本人的材料，我认为很不错，但是拿到文学高度来说，几乎是隐入斯德哥尔摩的云雾里看不见的。先是三联书店出版，后由新星出版社出增订版，说明马悦然的卖点还是有的。其实马悦然在中国生活的时间也不多，1948 年到 1950 年在四川调查方言头尾算三年，1956 年到 1958 年在瑞典驻中国大使馆当文化秘书头尾也三年，然后就是改革开放后来中国出差了，这么几年合起来，无乡无愁的，用"乡愁"两个字来表达，不是另一种，而是另类了。

但是从另外一个角度说，马悦然在各个大学教中文教了 40 年，整天和中国文学打交道，将这么多中国作家和诗人的作品介绍出去，其成就还是值得肯定的。况且，他的文章柔柔的，丝毫没有我最烦的那种站在诺贝尔奖肩膀上对中国文学指指点点的话语，所以读者会买账，我也能始终记得书柜里藏有这么一本书。

书里插了很多马悦然的图片，有和李锐合影的，和北岛合影的，和瑞典王后合影的，和其岳父合影的，等等，各类都有。在每幅图片下面，都有一个介绍，说"悦然"和某某在哪里。如果马悦然是中国人，我们理解其姓马，名为悦然，但他是瑞典人，父母都不会姓马，"马悦然"是他的中文名字，读"悦然"显得怪怪的，反而没有了亲切感。此外，书的作者是马悦然，里面文章几乎都是第一人称写的，图片说明不是用第一人称更适合吗？却偏偏省去了姓，好像是第三者在亲切地介绍似的，又让读者有一种怪怪的感觉。说一句题外话，每年诺贝尔文学奖要揭晓的时候，北岛家总会被远道而来的各类记者包围，是不是和他与马悦然关系密切的原因？

向历史要温度

《读书》杂志 2019 年第一期头条文章《波利比乌斯：一部人类的普遍史》说："人是生活在历史中的，一个人如此，一个族群如此，一个国族更是如此。"作为个体，深入研究历史，那是专家的事情，但我们至少应该读点历史，增加些历史常识。

好久没有发生这样的事情了：十天时间将三本均为五百余页的书读完。那是二十年前读武侠小说时的状态：一天可以读一本，金庸的"飞雪连天射白鹿，笑书神侠倚碧鸳"就是那时候读的。

这三本书，是《历史的温度》第一、二、三册，分别是 551页、493 页和 557 页，出版自 2017 年 8 月、2018 年 2 月、2018年 12 月。作者张玮，复旦大学中文系文学学士、新闻系新闻学硕士，做过 11 年体育记者，曾任上海市委机关报《解放日报》运营、技术中心总监，去年离开职场，"开始尝试一种全新的生活"。

翻开《历史的温度》第一册目录，第一篇题目《大家都称她为"夫人"，但又有多少人真正理解她？》，写的是居里夫人；

《做一个"新时代女性",真的要拿生命来换?》,写的是阮玲玉;《我认识一个男人,叫刘翔》写的是刘翔;《民国第一个享受国葬的人》,写的是蔡锷,等等。这里面有国外的科学家,有民国时期的电影明星,有现代的运动员,有民国时期的政治军事人物,看上去非常杂。因为书里的文章,来自作者注册的微信公众号"馒头说",而公众号则是按照题材"历史上的今天"来进行的。

《45 年过去了,我们为什么没有再回月球?》《需要经历时间考验的,除了爱情,可能还有建筑》《张衡的地动仪,到底是否存在?》《"世纪之骗"背后的兴奋剂黑历史》《两个大总统,你选哪个?》《"一战",被遗忘的 14 万中国人》《"二战"期间,居然还有这样的一批日本人》……"如果把一篇文章比作一个人,那么标题和人的容貌实在具有很大的相似性,在这个'以貌取人'和'标题为王'的时代,一个好的标题,在很大程度上注定了一篇文章可以传播多远。"单单看这些文章题目,我们就有一种阅读的欲望。《需要经历时间考验的,除了爱情,可能还有建筑》一文写的是法国巴黎的埃菲尔铁塔,如果让我们来写,题目就成为"埃菲尔铁塔记",而《张衡的地动仪,到底是否存在?》则成为"说说地动仪"了。当然,这也有时代的特征,在现在窥私欲公开化商业化的氛围里,这样的标题是很吸眼球的,所以,张玮成功了,离出版才 15 个月,我手头这本《历史的温度》第一册已是第 18 次印刷了,平均一个月超过 1.2 次;第二册离出版才 9 个月,已经是第 7 次印刷了。

打开书,就进入了作者为读者设定的适合历史的温度里,无法自拔。同时,也颠覆了我们的历史常识。比如居里夫人,我们都知道她是一个伟大的科学家，两度获得诺贝尔奖。读了《大家都称她为"夫人"，但又有多少人真正理解她》一文，我们才知道，为了找出她和她丈夫所发现的"镭"，她变卖了所有值钱的东西，买了十几吨沥青铀矿渣，终于提炼出 10 克氯化镭；她曾经被法国人呼叫："滚出来，外国佬"和"偷夫贼"。当孩子问我爱迪生的故事，我会告诉他，爱迪生发明了电灯。读了《爱迪生的侧面》，我才知道，原来电灯并非爱迪生发明，他只不过是买来发明产权将其大规模推广使用而已，且让我们知道了爱迪生人性中失败和阴暗的一面。比如写杜月笙和戴笠，为我们呈现了一个一个活生生的"恶棍""特务"。说一句毫不夸张的话，三册《历史的温度》，每一篇文章都有这样的阅读力，通过特有的视角挖出我们所不知道的历史。就算我们知道的历史知识，作者也能重新翻炒成新鲜的蔬菜，让我们愉悦地下筷。作者在《自序》里说："这毕竟是一篇篇发在自己微信公众号上类似随笔一样的文章，尽管尽量力求客观，但肯定还是带着个人的情感烙印。" 其实，通观三册书，作者并未在文章里煽情，但其将纵向时间和横向空间疏理得清清楚楚，可见文字功底。每篇文章的最后，都有一个"馒头说"，这是作者对历史人物、事件的评价和看法，尽管没有放在大历史背景下述说，其"点"恰到好处。

　　现在很多书，尤其是讲历史的书，都配有大量的图片，《历史的温度》也不例外。我随手翻开一篇，如《45 年过去了，我们为什么没有再回月球？》一文，有图片 9 张；《需要经历时间考验的，除了爱情，可能还有建筑》一文也配有 9 张图片；《"二战"期间，居然还有这样的一批日本人》则配有 14 张图片。每张图片下面，说明写得清清楚楚，令人一目了然。这些图片，我们用心找，也能找到，但是，读者总不能读完一篇文章，再去找图片看吧？作者这样配上去，才是真正的"图文并茂"。

最后，谈谈书的价格问题。现在图书市场上，才一百多页的书，定价 50 元左右，但《历史的温度》前两册定价是 49 元，第三册才提高到 58 元。为此，作者在第三册的《自序》里说："首先有一件事要向大家说声抱歉：在顽强抵抗了两本之后，第三本实在是坚持不住了——书涨价了。""实在是不好意思了。"或许有"薄利多销"的成分在里面，但是这一份坚持，还是值得点赞的。

再读雷平阳

　　去年身心俱疲，整理几十年来积累的藏书时，把除了《读书》以外的所有杂志都处理掉了，得银二百五十一元。当无新书可读，或者查某本书的某个资料时，偶尔将保留的书翻出来读读，《雷平阳诗选》为其中之一，出版于十几年前的2006年。

　　雷平阳是云南昭通人，出版有《风中的群山》《天上攸乐》《普洱茶记》《云南黄昏的秩序》《我的云南血统》《云南记》等著作，"他几乎写遍了云南的大河、山川、村寨、丛林、老虎、麂子、巫师、老妇、幽灵、鬼魂。"《雷平阳诗选》既然称诗选，里面的诗歌是作者创作于不同时期自己觉得满意的作品。

　　雷平阳曾说过这么一句话："我希望能看见一种以乡愁为核心的诗歌，它具有秋风与月连的品质。为了能自由地靠近这种指向尽可能简单的'艺术'，我很乐意成为一个茧人，缩身于乡愁。"我很不以为然，虽然说他后来居住在昆明了，但昆明和昭通都属于云南省，再远，也就是几个小时的事情吧，哪来那么多乡愁？对于那些写作对象就在几公里十几公里几十公里以内，然后动不动就宣扬所谓乡愁的作家，只能以"可笑"两字对之。在

《雷平阳诗选》一书最后一篇题为《我为什么要歌唱故乡和亲人》，其实说明了雷平阳创作的原点，这并不是乡愁，而是歌唱，歌唱他的出生地，歌唱饥饿……所指向的，是自身及亲人们的生存而已。

被太阳晒得黝黑的雷平阳在中国诗坛上是个争议非常大的诗人。我认为争议最大的是那首《澜沧江在云南兰坪县境内的三十三条支流》："澜沧江由维西县向南流入兰坪县北甸乡 / 向南流 1 公里，东纳通甸河 / 又南流 6 公里，西纳德庆河 / 又南流 4 公里，东纳克卓河……"澜沧江是云南著名的一条河，延伸至东南亚，两岸文化信仰区别很大，而这首诗歌"以精确的距离说明了澜沧江流经云南兰坪县接纳三十三条支流的状况"。2006 年，羊城晚报曾以"这是诗吗？"为栏目，对《澜沧江在云南兰坪县境内的三十三条支流》用了很多个整版来讨论，后来甚至波及到了网络上。如果用一般的诗歌理论来套此诗，显然会纳闷，还不如说这是一个报告和说明。如今，此诗里所提的兰坪县，当地媒体报道："黄登、大华桥等水电站正在建设。记者实地采访了解到，电站建设为当地经济发展注入了强劲动力，给百姓带来了致富希望。"这一对比，纯粹的澜沧江已经模糊了，此诗却成了最佳的怀旧作品。

一本诗集，普遍留白，给读者提供可能和兴致。在读《雷平阳诗选》时，有所触动，或者心灵被击中，习惯拿笔的手在书上空白处涂出了十首诗。近几年，诗歌突然又兴盛起来了，连经常说"买书干吗？订阅期刊？傻了吗？"的人也写起了诗歌，且口气大得吓人，真不知道是不是诗歌之福？

相忘于江湖

《巨流河》在 2011 年刚出版时，引起了读书界的巨大反响。虽然读过这方面的资讯，养成阅读习惯的我，以为是长篇小说，再加上作者齐邦媛是个生面孔，就缺少阅读兴趣了。一直到前段时间，读到了已退休的原生活·读书·新知三联书店总经理李昕的《做书的日子》，里面说："我利用周末看了一遍，被作者父亲齐世英的故事震撼，被作者与飞行员张大飞的爱情故事感动，被作者在颠沛流离的境况中坚持治学的经历所吸引。我只觉得此书作为横跨两岸的家族记忆，历史价值和文学价值都很高，于是决定出版……"三联书店并不认为此书会畅销，首印只印了 8000 册，却登上了当年的深圳读书月"十大好书"。从那年开始，温州书城里一直摆着这本书，而我手头这本《巨流河》，已经是第 23 次印刷了。

《巨流河》是已经八十高龄的齐邦媛的自传。巨流河，即辽河，是辽宁的母亲河，是东北的精神源泉之一。1925 年，齐邦媛父亲齐世英协助郭松龄起兵反张作霖。当年十二月，双方在巨流河决战，结果郭松龄兵败被就地枪决，齐世英逃亡后离开东北。

齐邦媛说："我生长到二十岁之前，曾从辽河到长江，溯岷江到大渡河，抗战八年，我的故乡仍在歌声里。"从这里可以看出，对齐邦媛而言，巨流河有着重大的意义，那是她渡不过的河。而到了台湾岛后，更是她渡不过的海。所以，书的封面，就印着巨流河，一直蜿蜒到远方。而在书的封底印着："那英挺有大志的父亲，牧草中哭泣的母亲，公而忘私的先生；那唱着《松花江上》的东北流亡子弟，初识文学滋味的南开少女，含泪朗诵雪莱和济慈的朱光潜；那盛开铁石芍药的故乡，那波涛滚滚的巨流河，那深邃无尽的哑口海，那暮色山风里、隘口边回头探望的少年张大飞……"

纵观全书，作者除了对张学良的评价显得尖锐，其他则娓娓道来。类似的自传，类似的回忆录，在两岸，都为数不少，但真正能引起波浪的，就不多了。哈佛大学教授王德威为《巨流河》撰写的文章形容该书"如此悲伤，如此愉悦，如此独特"，这或许也是原因之一。

在《巨流河》里，有两个人物令我印象深刻，一是齐世英，二是张大飞。

齐世英是东北精英分子，早年留学日本德国，回国后投身革命，追随郭松龄兵谏张作霖，战败巨流河后被迫流亡。后来受到蒋介石的重用，在国民政府内从事教育文化工作，曾创办东北中山中学。抗战爆发后，领导东北地下抗日。后来带着东北流亡学生从北京、南京辗转到汉口，经云南、贵州到重庆。书里说："十月中旬，在父亲安排下，先将女生和初中学生七百多人经江南铁路送往安庆，由老师及东北协会有家眷的人带领，到安庆再乘江轮去汉口。第二批三百多高中男生满载板桥等候下一班可以排到的车船。"

相对于齐世英来说，张大飞犹如小说中的人物。阅读中，我一度以为，这人物是作者虚构出来的。阅读关于张大飞的章节内容，令我有种读传奇小说的感觉，恨不得先看结尾。张大飞在书的 38 页出现：齐邦媛的哥哥每个周六中午会带五六个同学回家，有一天，带来了一个叫张大非的人。他的父亲原是东北一名警察局局长，因屡次帮助抗日同志逃走，被日军在广场当众烧死。为了躲避日本人的迫害，母亲带着他们兄妹几个逃亡，但不幸走散，彻底失去了联系。1938 年，他决定投笔从戎，考入了杭州笕桥航校十二期。临行前，他来看望齐邦媛一家人，并将一个包交给了她，并告诉她，所有要说的话都在里面。此时他已决定要投入抗日战争中，并改名为张大飞，成为一名飞虎队员，"生命中，从此没有眼泪，只有战斗，只有保卫国家"。在整整七年的时间里，张大飞都和作者保持通信，直到二十六岁战死。齐邦媛说："我十二岁认识他，看到两代东北人以身殉国的悲怆，那不是美丽的初恋，是尊敬、亏欠、患难相知的钟情。"我查了很多关于张大飞的资料，一张照片显示，这是一个非常帅气的男人。在《巨流河》的结尾处，作者说她于 20 世纪 90 年代来到南京，在抗日航空烈士纪念碑上，找到了张大飞的名字。这时候，作者已经七十五岁了。

自"九一八"到卢沟桥事变，中国的东北、华北、东南相继为侵华日军所攻陷，许多不愿做奴隶的人们开始流亡、逃难。齐邦媛和张大飞都属于流亡学生，齐世英走到哪里，就将流亡学校带到哪里，最后到了台湾。从某种意义上讲，齐邦媛是幸运的，她跟在大师身边读完了中学和大学。

一次一次摆渡

　　如果是在网络上遇见徐扬生的《摆渡人》，我会毫不犹豫翻过去，一是"摆渡人"三字近来被过渡消费，成了心灵鸡汤；二是在文学界，徐扬生是个生人，如果不搜索，我甚至不知道他是谁，尽管他在机器人研究领域走到了世界的前头。那天，我在对的时间，走到了对的角落，从一排眼花缭乱的书里抽出了此书。

　　"摆渡人"一词，很多作家和诗人都曾经赋予其意义。德国作家、诗人赫尔曼·黑塞在其1922年出版的名作《悉达多》中就赋予了"摆渡人"极为重要的位置。当悉达多成为了摆渡人时，他对昔日同样寻求真理的挚友说："在寻求过程中，一个人很可能仅仅看到他要寻求的事物，结果反而一无所获，不能让任何事物进入他的心灵，因为他始终悬着他所寻求的目标，因为他有一个目标，因为他执着于这个目标。寻求，意味着有一个目标。而发现则意味着自由，意味着开放，意味着没有目标。"而在徐扬生的《摆渡人》一书里，第5篇文章，既同名文章《摆渡人》，从作者当年作为知青，在乡村遇到的一个摆渡人S叔开始讲，说到自己离开家上大学、远渡大洋到彼岸留学，又讲到他当校长的大学迎来了毕业季，最后延伸说："人的生命是有限的，就像摆渡的时间是有限的一样。没有永恒，但我们可以有追求永恒的态度，正像大江口的渡船，一代代摆渡人。感恩每一位渡过我们的人，再努力地去渡别人。渡船，渡人，生生不息，这就是人间追求永恒的尺度。"徐扬生的表达非常朴实，是站在渡口发出的，非于高楼大厦大发感慨。其实，《摆渡人》一书，也是徐扬生作为"摆渡人"为年轻人所提供的一叶扁舟。

徐扬生说自己"做了校长以后，总是要出差。我经常在航班晚点的时候开始写文章。飞机上、酒店里也写，一两个礼拜写一篇，发在微信公众号上，给我的学生看"。人在空闲的时候，总会思考一些东西，尤其是徐扬生这样的学者，思考得更多更彻底。因为是做教育工作，思考的方向更多的是教育，和学生、家长、年轻教师有关。最早的时候，他只是想把自己的感触用文字表达出来。在序言的第一句，徐扬生就说："出版这本散文集是我从未想过的事。"当时几位年轻朋友告诉他可以开一个微信公众号，将平时所写的文章发表出来。"我当时想：为什么要发表呢？但当我真的开始在公众号上发布文章的时候，我才体会到那种快乐。当自己的文章被大家阅读、点赞、转发的时候，我仿佛在与成千上万的朋友们进行心灵的沟通，那种感觉让我激动不已。"徐扬生说。就这样，徐扬生保持每两周左右写一篇散文，而我数了一下，《摆渡人》一书有38篇文章。

有一句话说："家有一老，如有一宝。"徐扬生的散文甚少使用华丽的句子，很博学的他也没有卖弄，洞若观火地窥探世情人性，用平淡朴实的文字将他成长中的故事和所思所感娓娓道来。徐扬生高中毕业后，经历了两年的知青生活。1977年恢复高考，被浙江大学录取。7 年后，到美国留学，获得宾夕法尼亚大学博士学位，随后在卡内基梅隆大学任教并从事机器人研究，后来回到香港做研究，直到做了香港中文大学 (深圳) 首任校长。经历过上山下乡的徐扬生个人经历不简单，但正是这些过往的苦难经历，才成就了一个懂得多、厚积薄发的人，让他更加懂得苦其心志、劳其筋骨的后发优势，更加明白人只有在精神上强健，才能不被击倒，才能排除一个又一个困难。在接受《深圳侨报》采访时，他说散文集里有一篇文章《藏在书里的酱油》，讲的是读书的学问，这是他前 40 年一直在思考的问题。徐扬生认为，读书就像行山，而行山的人有 3 种，第一种人看到的是"树"，第二种人看到的是"路"，第三种人看到的才是"山"。读书也是这样，第一种人看到的是"字"，第二种人看到的是"意"，第三种人看到的才是"道"。从"意"到"道"是一个"悟"的过程。书应该越读越薄，薄到只有一页纸，找到藏在书里的那个"酱油"，从浩瀚书海里去悟其本质规律与理论。

"徐扬生"是天上的星星。2016 年 11 月 14 日，国际小行星命名委员会公布，把国际永久编号第 59425 号小行星 1999 GJ5 命名为——"徐扬生星"，从此被写上了浩渺星空。徐扬生又是地上朴实的草木，时常提醒自己写作时要坚持三点："文章写得短小精悍一些，适合现代人的阅读习惯；有故事性，年轻人容易吸收；希望通过故事揭示一定的哲理，有一些教育意义。"不年轻如我，拿到这本书，也是带在身边日夜看，在最短的时间里读完。

暑期，我又去了一次绍兴。而徐扬生正是绍兴人，当年插队的地方是离绍兴不远的江南地带。在读他的文章的时候，我总会想，这个地方在哪里？是不是我去过的某条江边？往往有一种代入感。我一向认为，如果文章让读者有代入感，则更会吸引人。这样的文章越来越少了，更多的高高在云端，乘飞机也摸不到感觉，这或许也是文学边缘化的一个原因？

　　一个文科毕业的人的手机摔坏屏幕，另一人劝他买一个自己装上去，他说："这是你们理科男的行为，我干不来。"《摆渡人》书中配了很多精美的插图，我以为是作者自己画的，后来才知道，这是徐扬生自己用计算机做的。文科生不懂理科，理科生不懂文学，学计算机的只会程式，学法律的不懂经济，各种缺憾已经越来越困扰我们的大学教育了。这本书和这些插图，是不是作者在用另一种方式表达他的教育理念？

自然文学代表作《遥远的房屋》

美国自然文学是作为一个文学流派出现在文坛的，有自己的各类奖项，其中最高的奖项是约翰·巴勒斯奖章，以19世纪及世纪之交最杰出的自然文学作家之一约翰·巴勒斯的名字命名。而最为国人所熟悉的自然文学作品，则是《瓦尔登湖》了。

生活·读书·新知三联书店出版了一套美国自然文学经典译丛，分别是约翰·巴勒斯的《醒来的森林》，亨利·贝斯顿的《遥远的房屋：在科德角海滩一年的生活经历》，特丽·威廉斯的《心灵的慰藉：一部非同寻常的地域与家族史》，西格德·F.奥尔森的《低吟的荒野》。《醒来的森林》是作者在美国东部观察鸟类的生活经历写就的散文集；《遥远的房屋》写了作者在美国东部科德角大海滩上一年的生活经历，讲述了大海、沙滩和海鸟等的故事；《心灵的慰藉》是作者以独特的经历和写作风格记述了自己陪同身患绝症的母亲在美国西部大盐湖畔；《低吟的荒野》是作者描述了美国北部的一个荒原，以及那里的湖泊、岩石和原始森林。这四本书记录了美国的东部、西部和北部，林地、海滩、盐湖和荒原，具有代表性。

　　而我手头这本书，是该丛书里的第二本，亨利·贝斯顿的《遥远的房屋：在科德角海滩一年的生活经历》。全书共有十个章节，第二章为"秋天，大海及鸟类"，第四章为"仲冬"，第五章为"冬季来客"，第七章为"漫步于内陆的春光"，第八章为"大海滩的夜晚"，第十章为"猎户星在沙丘升起"。秋天、冬天、春天，然后是写夜晚，也就是写夏天了。从顺序，我们可以看出季节的变换。原来，1925 年，人到中年的贝斯顿在靠近科德角的那片海滩买下一块地并自己设计草图，请人在一个沙丘上建了一所简陋的小屋。本来他只是打算秋天在那里住上一两个星期的，但是两个星期结束后并没有离去，结果整整待了一年，从秋天开始，到秋天结束。

　　贝斯顿生于 1888 年，1924 年来到科德角海滩，是年 36 岁，1925 年住下来。在这之前，他已经出版了五本书，却还没有成名，在寻找适合自己的题材和风格。1926 年，他找到了作为一个作家的路。1928 年，《遥远的房屋》出版了。

　　科德角位于马萨诸塞州，是一块被大海逐渐侵蚀的土地，是美国本土的"大地的尽头"。这个地方在当时的自然文学作家圈里是一个非常不错的观察对象，《瓦尔登湖》的作者亨利·戴维·梭罗曾经于 1865 年写过《科德角》一书。贝斯顿在书的第一章里说："当开始盖房时，我并没有打算用这所房子作为长居之处，只是想用它在夏季避暑，或偶尔在冬季也能小住几天。我称它为水手舱。它有两个房间，一间卧室，一间厨房兼客厅。"他还写道："我共有十个窗户。大间有七个；一对东窗面朝大海，一对西窗面朝湿地，还有一对南窗及门上的一个窗眼。一间有七个窗子的房屋，位于沙丘之顶，海上的阳光之下，仅仅凭此便可想像出流光四射的情景，一种令人不安的光的把戏。"贝斯顿之所以能在科德角呆这么长的时间，这间房屋是关键词。在整本书里，他经常提到他的房子。这一年，他享受独自生活，与大自然进行了心灵沟通，尽情的观察海滩、沙丘，大海四季的变化，以及海滩上零碎的过客：野鸭、蝴蝶和各种各样能知道名字的鸟，和不知道名字的鸟。

有评论家说，其实这个所谓的水手舱是一个隐喻，它既是眼睛，又是堡垒、瞭望塔和灯塔。从某种意义上讲，这也是他的心，他的思考。随着贝斯顿及其《遥远的房屋》持续不断地获得各种荣誉，这间小房屋成为了"国家文物建筑"。1978年，如他在"仲冬"一章里所写的风暴来了，这个"水手舱"被卷到了大海里。译者2004年去的时候，那里只剩下一块牌子了。其实，有没有这所房屋意义不大了，一而再再而三地出版的《遥远的房屋》已经在世界文学中建有一所房屋。

从艾略特构造出来的现代生活的比喻"荒原"一词后，"荒漠""沙漠"也比比皆是。尽管场景不同，其实海滩和沙漠是一个意思的意象。贝斯顿首先认为自己是一个作家，而不是一个科学家，或者博物学家，为了表达自己的内心世界，他毫不犹豫地使用抽象的短语和概念去描述，以达到某种效果。比如书中的"远方的未知世界尽体现于这空中鲜亮的血肉之躯中"，来描述海鸟的迁徙。又比如写一种鱼："黑暗之中，突然有个意料之外的庞然大物在我的光脚下蠕动，令人恐惧。"同时，他对文本追求完美的风格让我们在欣赏原始风景的同时，也对文字着迷。

法律与文学

《读书》经常出现冯象的"政法笔记"之类的文章，专门以案例形式探讨法律问题，专业性非常强；《万象》有个专栏，讲的都是圣经方面的内容，属于文学范畴，作者也是冯象。由于我觉得咱们中国人多，同名的人处处都有，因此一直认为这是两个不同的人，所研究的方向也不一样。这种井底之蛙的状况到购读了《木腿正义》后才得到改变。

冯象在哈佛读完中古文学博士后，考取了耶鲁大学法学院，从此两条腿走路，或交叉，或分开，踩出了一条色彩浓厚的道路。很多人说冯象是一个学术天才，任何问题到了他的手里，不管是批判，还是赞同，均旗帜鲜明，决不拖泥带水，只要认为是错的，可以找出足够的证据来，梳理得清清楚楚，所引用的资料来自方方面面。他的七部作品涉猎丰富，史诗、普法读物甚至宗教文化，都有所涉及。

《木腿正义》原来由中山大学出版社出版过，本次经作者重新修订，北京大学出版社重新出版，短长两个旧新序言，长三十几页。全书共收录31篇文章，其中上编16篇谈法律，属于带有学术性的法律杂文；下编 15 篇谈文学，多是书评，也包括一些访谈文章，学术性较强。同时，一如作者其他的著作，《木腿正义》配有三十多幅西洋名画的插图，图文结合，读来甚是有趣。

法律和文学之间到底有怎样的内在关系？当初冯象先生报考耶鲁大学法学院，很多人不理解。"文学博士改行读法律，这在中国也许没有，在美国却不少见，法学院教授很多都有其他学科的硕士或博士学位。"冯象说，"法律和文学有相似的社会功能。两者都涉及叙事、阅读、书写，都是语言、故事、人类经验的合成，只不过表现和运作方式不同罢了。文学创作强调形象思维和'叛逆'精神。法律则讲究妥协合作，更加实际。"

其实，"法律与文学"是美国法学院一个激进的法理学派，带有批判性立场，被作者称为一场运动，直到 20 世纪 80 年代才在美国法学院站住脚跟，并逐渐向其他国家传播开去。"法律与文学"的研究围绕着两个问题展开：文学中的法律和作为文学的法律。文学中的法律指的是文学作品，特别是所谓"法律故事"的文学；作为文学的法律则是文学文本的写作、解释和批判技术，对法律文本的制作、分析和法律规则的操作有何用处，怎么用？往大处说，"法律与文学"也是关于资本主义法治本身何以可能、又怎样终结的纠问。

冯先生文章很难读，几乎读不懂。如果没有注释，连一些词语出自哪里都不知道，只有通过网络搜索，才知一二。还好，全书引语注释很多，占了书本好大篇章。尤其是新序言里，注释几乎占了四分之一。

"好读书不求甚解"，有时候，读书也不是一定要读得玲珑剔透。或许，了解一点，也算一点？

闲而偶之，有情可拾

看到第一眼，就抱在怀里不放下：黄色包装，素雅，渗透着寂寂的朴素之美。加上是三联书店的产品，我毫不犹豫地把《闲情偶拾》买了下来。读后，才知道书还可以这样写，画还可以这样画。

这本书没有页码，目录之下，分"幽梦""流逝""美好""咀嚼""钟声""羁旅"六块，每快以文字为界线，分别标上序列号，所以你不知道这本书有多少页，也不知道你读到第几页了。

全书由韦尔乔的画和人邻的字组成，交替出现。两位作者结识于网络，知己于文心，静静地叙说生命，和生命里的每一朵美丽的花。

韦尔乔的现实身份是个医生，哈工大校医院的在编职工，出版过插图近 7000 帧。在他早先的《梦游手记》中曾自己言用说了创作时的状况——这些画，全是在值夜班时，在那"恐怖夜"里战战兢兢画出来的，完全是当时心理轨迹的下意识流露。而收录在《闲情偶拾》中的画，也就是一个叫韦尔乔的医生"梦游"

时所遇、所思、所感。他的画，有的画在化验报告单上，有的画在病程记录上，有的画在检查申请单上，几乎医院里用纸都有了。这样的画本身就很特别，又充满趣味。我为什么会知道他画在医院的纸张上？因为这本书把画家用来画画的纸的正反两面都印出来了。钢笔画直透背面，两边相读均相宜，甚至有的画被水打湿了后，呈现出来的"晕"状也明显地摆在书里。

在第一辑"幽梦"里，21 幅画，其中有 20 幅是一个孤独者重复出现，或站墙边看花，或徘徊在荒园里，或坐在椅子上沉思，这样的寂静和旷远，它们离于视力之外来自于无限的心灵。作为医生，韦尔乔对生命的残缺、磨难、折损和泯灭看得很清楚。他的画，简单得如同空白：没有喧嚣，没有烦躁，处处是死亡阴影下的无声。从滴水看沧海，沙粒看大地，韦尔乔不是妙手回春的华佗，却是宅心仁厚的"大夫"，用悲悯的心，直透心灵的钢笔诉说生命的真谛和真情。

人邻的文字或长或短，长的两三页，短的两三行，或小诗。人邻的文字或严肃，或如清风细雨，或喃喃自语，或如老僧般念偈语，或讲述故事。

"没有刻度的时间，它究竟有些什么意义呢。……生命是生命吗？是，也不是。命，非命。只是一段时间，把时间忘记，也被时间记住。那个人的背后，遗落着几个果子。果子是短暂的，似乎被人忘了；而枝叶才是永恒的，甚至是成为了缥缈的尘土。"哲学意味深重，轻轻地掠过心头，却什么也感觉不出来，或许人生就是这样？

《母与子》里，韦尔乔在画的右上角画出了一只硕大的充满乳汁的母乳，左下角一个匍匐的孩童。人邻写的故事却是："有人回家，见一只老鼠从餐桌上叼了块油饼，人去赶老鼠却不见了。找遍所有地方终于在冰箱下发现了。搬开冰箱，老鼠不动，但人感到它的绝望。用钳子狠狠钳住老鼠尾巴向外拽，可怎么也拽不出来，连尾巴皮都拽掉了老鼠依然一动不动。老鼠死了，肚子鼓鼓的，还在微微地蠕动。老鼠怀孕了，要做鼠妈妈了！"作者最后写道："人惊呆了！"不仅仅是人会做母和子。

比起这些，我更喜欢那些带有诗歌意象的词语。人邻本是诗人，每个文字都充满意象。比如写到长衫，人邻就引申为"静"，进而联系到"绘画、山水、花鸟、人物、威风、雨、奔跑的马"。

人邻是甘肃作家，其诗取偏锋，冷而阴郁，其文"反其道而行之"，如叙家常，一派温情，有"甘肃的汪曾祺"之称。《闲情偶拾》一书，人邻的文字且远且近，似贴着韦尔乔的画，似自言自语，有点空旷，有点绚丽。不知道是"韦尔乔那神秘怪怪异异的漫画启发、唤起了人邻的兴味灵感"，还是"人邻那对人世如刀的剥削、对人情如月的温润牵动、撩拨起韦尔乔的志趣逸情"，但他们是那么的相得益彰、天一合缝！

门窗一扇一扇打开

张常美带着他的诗猝不及防地进入我的视野，并且让我们占有他的时间，是一个小概率事件。到现在，我还是惊诧于他的出现。

下午，我们上班，张常美在微信群里发了一个小图。我说："起床了？"他往往说还没，要拿手机浏览一些该看的，和不该看的。一会儿，他会说，起床，吃早餐，干活去。读到这里，或许你觉得他是一个习惯夜生活的人，其实是他工作在非洲。对我们而言，非洲和月亮同样远，只知道有个撒哈拉沙漠。于是我们天真地问他在非洲吃什么，是不是吃沙子。他说非洲地里都是吃的，只要能吃得下。这世间到处是这样的笑话，我们认为他们应该愁眉苦脸寻地找食物，其实人家最不缺的就是吃的。偶尔，他有一会儿没出现了，往往会有人问：三三老师在干吗呢？我说，他正在数撒哈拉沙漠里的沙子。

为什么我们叫张常美为三三？不了解他的人很困惑，了解他的人恍然大悟：原来如此。他和他同样会写诗的孪生二哥都是地质工作者，但他二哥写诗比他有名气。他经常在荒郊原野行走，在非洲，也就一两个同事一起干活，因此，我说他是实实在在的"行万里路"。

非洲工作告一段落，张常美回国了，然后要去武汉参加"柒上：七个诗人诗歌音乐会"。原来，他就是这七位诗人中的一位，他们的诗合集《你的眼泪是我看不见的那片海》里有他30首诗。这大概是他集中出现诗歌最多的一次了吧，因为他的诗歌产量不是很高，他的简介里就说自己"断续分行断续停"。尽管如此，他还是在国内重量级的杂志上发表了不少诗，如今年《诗刊》第一期和《长江文艺》第八期。

在这30首诗歌里，其中第七首《要怎样才能认出亲人和故乡》的第四节"一个游子以伤疤认出故乡 / 以乡村首领恢弘的宗祠 / 认出一个外姓孤寒的小家——/ 父亲佝偻着背，像搁在坑沿边的一根拐杖"。那句"一个游子以伤疤认出故乡"被张常美拿来当题目写了一篇"前言"，说："在人生将半的时候，我渐渐已承认自己的失败，也能够从对他人的阅读中获取嫉妒和快乐。就像童年愚笨的我一样，依然能够因为玩伴们在拖拉机的车厢里大笑而大笑。只是一个人留在那里，闻着淡淡的青烟……"这段文字还出现在他的照片下面。我想，这应该是他最大的心声了。

男人对故土有着强烈的不舍，离开出生地成长地，无形中会有一种割裂的痛。男性作家和诗人，甚少有不写故土的。这在张常美的诗歌里表现得更明显，因为常年在野外行走的他，比起一般人更孤独。更特别的是，他这种孤独，和那些无病呻吟的孤独完全不可同日而语，更是他人无法体会和理解的。而人一旦孤独，就会想起家人，想起故土，《要怎样才能认出亲人和故乡》《乡村爱情故事》《今夜，月亮是圆满的……》《落叶》等诗歌均属于此类。

张常美将一首刚写好的诗发到群里的时候，往往会说这是刚"涂"的。我知道，这是一种谦虚的说法，但也透露了他对诗歌的极致要求。他写诗歌，往往是有一个主题了，马上写下来，修修补补，再确定一个题目。这"修修补补"，没有时间要求，因为他不靠这个吃饭。也没有空间限制，因为空间就是他用脚丈量过的大地和他脑海里无垠的精神领域。华中师范大学教授魏天无说："平庸的写作者总是自信满满，少有例外。而张常美是一位不那么自信的写作者。决定他作为优秀诗人品质的，是他在诗行间袒露的一颗悲悯之心。"或许张常美是真的不自信，修修补补到满意为止，他才会拿出他的诗来。如那首《如是观》，第一节两句："百无一用的书 / 耗尽窗口中的灯火。"意象"书"本是知识的载体，却被按上"百无一用"这个词语，悖论就产生了。"灯火"为世间积极向上的事物，却被"耗尽"。这上下两句诗的关系亦很微妙，意象"书"和"灯火"被强行靠在了一起，看似两不相干，实则千丝万缕。"如是观"，是《金刚经》所载："一切有为法，如梦幻泡影。如露亦如电，应作如是观。"意思是说，佛教徒应持这样的观点：所有事物现象，都是空幻的，生灭无常的。"书"是在传承知识，是虚的，而"灯火"是生活，是实的。这两者虚实结合，构成整个人生，也是"生灭无常的"。

我一直认为，张常美对待人和事，都持悲观的态度。他说诗人就应该有悲悯之心，这和魏天无教授的说法一致，《秋凉渐生》《指认李建设》《孤独症》《白头事》等诗，都属于此类。行走多了，所见的各类事情就多，和那些经常以所谓"高朋"出现的诗人的呻吟有着巨大的区别。作为地质工作者，他和矿工应该比较熟悉，一首《指认李建设》才六句，却句句戳心："安全帽、水壶、几件破工装／从矿井升上来／／一个女人、两个孩子的抽泣／深黑的喉咙咽下去／／一个手印摁住李建设／他一脸的无辜，不得反悔"。一个巨大的悲剧，被平静地叙述出来；一个不在场的人物，成了在场的唯一依据。尤其是"不得反悔"一词，指鹿为马，让诗歌瞬间提升意义。然而，张常美温情起来，也让我们目瞪口呆。《魔法》一诗写他女儿："小路上，她独自跑步／马尾飞扬。一束光／不快也不慢／追着她。向草坪和灌木丛扩散／她摆了摆手／门窗就一扇一扇打开。"同样平静的叙述，让读者看到了浓浓的父爱。

　　诗人是目前社会上最尴尬的群体，封闭在自己的世界里，都认为自己写得非常棒，连那些五百字小文都需要从网络上抄的"诗人"也这样想。还好，有清醒者如张常美。我打算和他来个约定，他年他日成为大诗人的时候，送我一套诗歌全集。

剪裁一截春光

前段时间，陈美云来到温州大学培训，我请她吃饭。我怕她找不到位置，所以让舟儿在门口等待。一会儿，她来了，舟儿却没有一起来。她说门口是有个小朋友，看上去很帅，和照片里的我不大像。诗人对世间一切，都持怀疑态度，这是不是也是表现之一？

饭后，我们几个人一起，到南塘街小逛，谈起了瓯江，也谈起了陈美云家边上的那条义乌人叫义乌江，东阳人叫东阳江，金华人叫金华江的江。当天晚上，她发了一首题为《与友人散步江边》的诗来："在一条江边提起另一条江 / 身体里的隐疾，倒映在江中 // 不道明，却已微微发颤 / 像月亮，固执、明亮 / 又不轻易随江水东去 // 站桥上仰头对着月亮拍照的人 / 不喝酒，不吟咏 / 却散发出孤独的美 // 我再一次回头，桥上空空 / 只剩模糊的灯光和无边的黑 / 那轻微的怀乡症，仿佛未曾复发。"这让我有点小惊喜，有种得了某个小奖般的获得感。生活是诗，留痕亦是诗，可以说到处是诗。这是陈美云给我的又一个印象。

过了几天，我收到了陈美云的诗集《花生荚里的隔离间》。

初看，感觉这书名比较奇怪。翻开书，读到书里的第二首诗《我想和你在一起》第三节："这时候，如果在泥土深处 / 如果是在同一颗花生荚里 / 我是愿意的。两个花生宝宝 / 一个是你，一个是我。"第十七首《想念》第一节："一个喷嚏还是按捺不住 / 薄尘的光影里有翅膀轻闪 / 整个屋顶落满你的低语 / 一颗花生荚里有两个宝宝 / 颓荡着甜：一个是你，一个是我。"第五十八首《裂痕》第三节："车窗外，那一晃而过的土包微微隆起 / 坟墓中的夫妇，像豆荚里的两个豆子 / 互相挨着，十分相像。"第六十七首《孤独》最后两句："而你是月亮，在隔壁，在天边 / 在花生荚里的另一个房间。"

原来，花生荚里的隔离间就是她营造的在诗歌里的家，一种温馨不由自主地在我心头升起。记得有一次，我们在讨论诗歌时，我提出：我们没有时间和机会龙行天下，亦未读万卷书，但是可以悟透身边的各种事物。有个人写"爱琴海"，另外人问他去过欧洲吗？他摇摇头，默默转身离去。其实写作，不管是散文也好，诗歌也罢，应该写自己周围环境中的人和物，写自己熟悉的东西，这样容易出彩。正如著名诗人张常美说的："在美云的句子里，我们很难读到那种'家国情怀，天下大义'，那种'生死离别，山河如撼'。她似乎故意消解着诗的意义，消解着'我''我们'的意义。"陈美云是一个细腻的人，她所消解的"我"和"我们"，都是我们周围的事物，也就构成了一颗"花生"的经络。所以，她的诗歌读起来令人舒服，如《喜欢你》：

我往自己脸上撒谷粒

讨好你，诱惑你

直到你撅起小嘴

——亲我

像小鸡，啄个不停

陈美云的人生波浪线比较直，轨迹所形成的范围就小了，所选择的可能性也不大。作为女诗人，除了工作，她的世界就是家人，以及诗歌了。于是，她经常将她的爱人、女儿和她的诗歌结合在一起，比如这首《给先生》：

江水一遍遍洗白旧物

露出植物的小牙齿

先生，这多像我们的爱情

其实家庭是复杂的，事物杂，人心杂，但是在美好的生活愿景里，这些都微不可计。诗歌是美的重要构成部分，让诗歌表达世间的美，表达我们心中的美，岂不更美？陈美云为人单纯，在她的诗歌里，到处都是"美"的意象：春光、春风、春天、春分、嫩枝、早餐、雪，一如她对待学生，只发现美的一面，不善于管理恶的一面。有一天，我开玩笑说，你总是妆扮得像个女巫，也不打扮打扮，去做一个时髦的老师和诗人。她丝毫不生气，说："最早的现代诗在西方就是巫诗，我就做个女巫诗人好了。"她的乐观，让她的诗也带着女巫的味道：

一定得有你。风迎面吹来

我转过身，看着你

我的丝巾、裙袂、长发

甚至心跳，你有注意到都在朝你向你吗？

《花生荚里的隔离间》一书有139首（组）诗，都是作者在繁重的工作之余创作的。全书分五辑，第一辑"小肋骨上长出小芽"31首，第二辑"她的腰肢不知所终"22首，第三辑"每一朵都很认真"37 首，第四辑"在分水岭两侧各自怀念"25 首，第五辑"他未曾折花相赠"24 首。每一辑的小题目，都选自书中的诗句，向我们呈现了一个情境，让我们有代入感。或许有读者觉得这些小题目和名下的诗歌难以联系在一起，认为分辑可有可无，还不如不分辑。这就是"仁者见仁智者见智"的事情了，我向来认为，阅读诗歌，误读是普遍的。

陈美云很用心，她在给每个人邮寄的书的扉页上，都用笔写下一行行诗。在送我的书上，她写道："我们背对旧事物、旧感情 / 赶了很远的路 / 直到忘了晨昏和去处 / 直到遇见这个清晨 / 直到湖面水雾弥漫 / 枯草里夹杂着新绿。"这些诗句出自书里第 51 首诗《去处》，而不知其他有缘人会收到怎样的扉页赠言呢？《去处》的前半部分比较伤感，和诗集里其他诗歌有些区别，但是后半部分却"枯草里夹杂着新绿"，是不是说我这根枯草里的绿来年将发芽？

"跑马"和文学

下班，走路半个小时，气喘吁吁地到家楼下，需要抓着栏杆，才能爬上楼。这让我想起跑马作家俞永富，八个月里参加 15 场马拉松赛，其中正式的全程马拉松比赛有 10 场。

平常，我比较喜欢看俞永富发在朋友圈里的文字，他到哪里参加马拉松比赛，情况如何，遇到哪些人，都能第一时间知道。本为作家的他，所写的文字，如流水般自然，娓娓道来。作为阅读者，我们不但可以了解马拉松赛事，也走进了他的勇者之路。那时候，我就感觉俞永富会将他的马拉松之旅写成一本书，但是没料到这一天来得这么快，厚厚的《勇超之诺——我的挚爱是马拉松》已经到了我的手上。

在参加马拉松赛事前，俞永富已经有多年的跑步经验。当年参加高考时，他觉得腹痛，过了五年才明白这是结石引起的。只要身体状态一差，就去跑步以缓解病痛。而首次报名并完赛的马拉松比赛是在他家门口的 2015 年宁波山地马拉松赛，被暴晒得"一层薄薄的黑皮被我从肩胛上撕下来，这一处，那一处，活像新剖竹筒内壁的竹膜。"第一次虽然最后是走到终点的，但是从此一发不可收拾，连续参加各类赛事。记得温州举行马拉松赛事时，我问他来不来，他说已经报名参加其他城市赛事了。跑着跑着，他体内的结石自己排出了。曾经看过某张他的照片，那身材比那些下载一张20元的"小鲜肉"还要"鲜"。

在《勇超之诺》一书里，《感念村上春树》《风雨摧处性情见》《我的首百，我们仨》《四明，登临世界阔》等几篇文章的文首，都摘录了一些日本作家村上春树的语句，或许会有阴谋论者说这是作者在"傍大款"。其实，村上春树是俞永富的偶像，后者立志要在马拉松赛事上勇敢的超越前者，这也是书名"勇超之诺"的来历。据作者统计，村上春树从1984年开始跑马拉松赛事，每年跑一场，跑了34场，而俞永富2015年在毫无经验的情况下参加赛事完成了9场，2016年完成21场，2017年完成11场，而本书所描述的故事就是跑了34场。等于两年时间，到2017年4月间江南一百越野赛，完成34场马拉松，追上了村上春树历年来的总场数。作者在书末的《致谢》里说："早上，通常我会携带一本村上春树的书，赶着地铁去上班，因为从起始站乘坐，可以静静地坐着看几页书。《当我谈跑步时，我谈些什么》《我的职业是小说家》《挪威的森林》《海边的卡夫卡》陪我度过了很长一段时光。"这是否是在行动上和村上春树一致，在精神上和村卜春树共鸣？

《勇超之诺》一书有五章二十一篇随笔。这些随笔没有婉转的虚构，也没有华丽的辞藻，真实记录了作者的"跑马"历程。我喜欢阅读这样的随笔，讨厌那些瞎编的故事，俞永富毫无做作的描写让人阅读起来如品尝农家菜般自然和享受。初看，或许会觉得啰唆无味，但是仔细阅读，总能让我们尝出一点东西出来。《感念村上春树》一文里说："进入无锡马拉松后半程，天下起了中雨，跑步阻力大增，鞋子进水，重了，跑起来噼里啪啦踩水，水花四下飞溅，前半程的舒爽立刻烟消云散。"如果是余秋雨式的写，那该多煽情啊，"中雨"变"大雨"，"噼里啪啦"将有声有色了。在俞永富平淡的叙述下，我们可以想象：跑着跑着，下雨了，还不小呢，该多么难受啊。这时候，任何华丽的表述都显得无力，只需要提出几个词语，就可以达到表述效果了。这样的写作是真性情的，才符合马拉松这样的活动：力量、磊落。

一场超级马拉松越野赛，需要连续跑几十个小时，在我看来，是不可思议的，所以马拉松对我来说也是遥远的。《勇超之诺》一书全面展示了马拉松的面目和"跑马"江湖，如《四明，登临世界阔》一文里说："防火道上需要特别注意，路陡，正面几乎不能下脚，只有侧面，斜脚下搓。而且要变换前后脚，否则单面受力，会吃不消。"而在《没有谁能随随便便成功》一文里说："衣服和乳头摩擦时间长了，就会磨破皮肤，接着出血，最为伤脑筋的是，伤口在汗液盐分的刺激下，非常痛，跑步不仅脚痛，还有乳痛，这如何受得了。"如果没有参加马拉松，谁会想到还有这种伤这种痛啊。书中写了各地各种各样的马拉松赛事，如厦马、汉马，和各色"跑马"人。我想，就算是一本专门介绍国内马拉松的书，也不会有这本书如此详细吧。

其实，在《勇超之诺》一书里，我们更多地是看到了俞永富的坚韧。第一次参加马拉松赛事，就肚子痛，被暴晒得脱皮。此后参加各类赛事也会有这样那样的事情，但是，我们也看得到，他的收获已经溢出。如今，俞永富的微信朋友圈里依然显示他在参加各类马拉松赛事。其实，他已经把"跑马"当作一种事业来经营了，他也写马拉松赛事的长篇小说《骇道途》已经完成。我想，拥有坚定意志的他必会在马拉松之路上越走越远，更能够在文学之路上走得更远。

后 记

罗马时代的普林尼说："生命的过程倘若没有阅读一路伴随，简直毫无趣味可言。"2017年4月，我在报刊上开设"书事书评书人"栏目，到2019年10月，共刊登了五十几篇文章。开此专栏，主要是向读者介绍一些新书和我对阅读一事的看法、观点，无甚深度，却引起了社会各界的关注，本人也到一些机构和学校进行了阅读方面的交流。很多人说依照我的介绍去买书，和我所写的文章相互印证，收获更为坚实。我亦窃喜，说明还有人爱读。

有关报道指出，长久以来，中国人的阅读状况一直令人堪忧。我影响不了别人，但愿能触动看到我的文章的人，因此决定将这批和阅读有关的作品结集出版。书名取自书中同名文章，按照内容大致上分四辑，辑名"在沙发上舞蹈""他知道回家的路""孤单的斑马线"来自团结出版社出版的我的诗集《水的锐角》。

在本书撰写过程中，得到了温州市瓯海区融媒体中心党组书记、主任周乐光先生，和其他班子领导、同事的鼓励，并且大力支持结集出版。温州市瓯海区社科联主席王玮康先生经常为我鼓劲，关心我的创作，在我受到挫折时勉励勿忘文学初心。《青灯有味》的出版，也得到了瓯海区社科联的帮助和支持。我和前辈章方松老师交往不深，但他接到我的请求后一口答应，在文事繁忙情况下为本书撰写序言。此情此意，铭记于心。富晓春先生提议将书名修改为"青灯有味"，甚合我心，在此一并感谢。

　　这本书既是给多年来的阅读一个交代，也是对一段时光的总结，更是对关心和爱护我的亲友们的回应。回首曾经不堪的日子，我慢慢张开双臂，只留阅读和写作与这个世界纠缠。